格致文库

经典悸动

邢小群 著

山西出版传媒集团
北岳文艺出版社
BEIYUE LITERATURE & ART PUBLISHING HOUSE
·太原·

图书在版编目（CIP）数据

经典悸动 / 邢小群著 . — 太原 : 北岳文艺出版社，
2019.1
（格致文库）
ISBN 978-7-5378-5750-5

Ⅰ . ①经… Ⅱ . ①邢… Ⅲ . ①中国文学－当代文学－
文学评论－文集 Ⅳ . ① I206.7-53

中国版本图书馆 CIP 数据核字（2018）第 257818 号

书　　名：经典悸动
著　　者：邢小群
责任编辑：关志英
书籍设计：鸿儒文轩 · 书心瞬意

出版发行：山西出版传媒集团 · 北岳文艺出版社
地　　址：山西省太原市并州南路 57 号
邮　　编：030012
电　　话：0351-5628696（发行部）
　　　　　0351-5628688（总编室）
网　　址：http://www.bywy.com
E - mail：bywycbs@163.com
经 销 商：新华书店
印刷装订：北京中华儿女印刷厂

开　　本：787mm × 1092mm　　1/32
字　　数：118 千字
印　　张：6.875
版　　次：2019 年 3 月第 2 版
印　　次：2019 年 3 月北京第 1 次印刷
书　　号：ISBN 978-7-5378-5750-5
定　　价：45.00 元

目录

经典幕后

阅读悸动

经典幕后

《我们夫妇之间》:第一个牺牲品

萧也牧的小说《我们夫妇之间》之所以有名，首先不在于它艺术上的高超，而在于它是1949年以后第一篇受批判的短篇小说，在于它给作家带来的惨痛经历，在于它给文坛造成的心理创伤，使它成为中国当代文学史上抹不掉的一页。

小说讲的是一个出身于城市的小知识分子的丈夫和出身贫农、有着六年兵工厂经历的妻子，在战争年代，在敌后艰难困苦的生活中感情很好——“她教我纺线，织布；我给她批仿”。虽然出身差别很大，但生活“很融洽，很愉快！”被同事们称许为“知识分子与工农相结合的典型”。但进了北京城以后，夫妻在思想、情趣上的差异逐渐显露出来，感情也有了裂痕。妻子依然保持着以往淳朴的生活习惯与思维方式，对城里的很多现象看不惯，说话做事过于直率和褊狭，有时还要拍桌子，吐脏字；而丈夫回到城市，如鱼得水，不但很快恢复了城里人的生活习惯，对妻子的行为也越来越看不惯。小说通过一系列小故事，一方面表现妻子的行为虽有合理性，却不乏片面与简单；一方面也审视着做丈夫的工农情感麻木，享乐思想多起来。最终，双方在时代生活的启发引导下，经过冷静的反省，都看到了自己身上的欠缺和对方身上的优点，愿意相互帮助，共同进步。

小说发表在《人民文学》1950年第1期上，一时好评迭起，被认为取材新鲜、立意新颖、人物生动、语言活泼和富有生活气息，很快被改编成话剧、连环画，导演郑君里还把它搬上银幕，由电影明星赵丹演男主人公李克。

这个作品在当时为什么会迅速产生如此广泛的影响？有两方面原因：一是触及了新中国成立后的第一次离婚潮。据萧也牧的妻子李威讲："我们一起从晋察冀来的老战友，好几个都当上大干部了，体委李某的老婆是工农干部，同我原先在一起工作的。李某跳交际舞时就和一个年轻的护士跳到一块去了，与老婆离了婚。还有团中央的王某、铁道部的张某，都找了大学生，与农村出来的老婆离了。他（萧也牧）一发现根据地来的老战友进城后，就嫌老婆是'土老八'，不要了，就说要写一篇小说。我说你写不好就把自己写进去了。小说中的李克虽不是写他自己，但确实有不少生活素材是取自我们俩共同的经历。"萧也牧显然是想正面地、善意地解决问题，干预当时的离婚潮。二是小说的矛盾在家庭内部，人物性格生活化，又是讲故事的口吻，易于被人们接受。像上海这样的市民社会，对这部作品也有强烈的共鸣。即使没有后来的批判，它在当代文学如何切入时代生活方面，是有某种开创性的。

就在小说发表一年半以后，对它的批判突然开始。先是批评家陈涌在《人民日报》1951年6月10日发表了一篇《萧也牧创作的一些倾向》。接着，李定中在6月25日的《文艺报》（1951年4卷5期）发表了《反对玩弄人民的态度，反对新的低级趣味》。继而，丁玲的《作为一种倾向来看——给萧也牧的一封信》发表在《文艺报》1951年4卷8期上。

陈涌把问题提到这样的高度："有一部分的文艺工作者在文艺思想或创作方面产生了一些不健康的倾向，这种倾向实质上也就是毛主席在延安文艺座谈会讲话中已经批判过的小资产阶级的倾向。""依据小资产阶级的观点、趣味来观察生活、表现生活。"

李定中以读者来信的方式表达了对《我们夫妇之间》的反感：一、反感作者的那种轻浮的、不诚实的、玩弄人物的态度；二、作者简直在"独创和提倡一种新的低级趣味"。"这样写，你是在糟蹋我们新的高贵的人民和新生活。""在本质上，这种创作倾向是一个思想问题，假如发展下去，也就会达到政治问题。"

李定中是谁？他真是像文中自称的那样，是对文艺理论

“一窍不通”的普通读者吗？几十年之后，真相大白，他是著名文艺理论家冯雪峰的化名。冯雪峰为什么会化名写批评文章？原由还是来自好友丁玲的约请。“那时的《文艺报》的主编是丁玲。丁玲问冯雪峰看过萧也牧的这篇小说没有，雪峰说读后感觉不好。……他认为陈涌的批评不够准确,难道小资产阶级都是这样对女性取侮慢态度吗？于是丁玲要他给《文艺报》写文章。雪峰用一个普通读者口气写了这篇文章，署了个化名，他要求对作者真名保密。”资深编辑涂光群在他的文章《雪峰》中说：“雪峰是性情中人，他看不惯有些人一进城就丢掉了‘糟糠’之妻，换上洋老婆。他的这股闷气无处宣泄。……通过批评萧也牧作品实际上是借题发挥地对那些重返城市，回到十里洋场的‘登徒子’们的大肆挞伐。但是这有点过火的敲打，毕竟首当其冲地落在萧也牧这位创作上还颇有势头的作家身上。”

并不是人人都有冯雪峰的感觉。裘祖英在 7 月 28 日的《光明日报》发表了一篇文章《论正确的批评态度》，认为李定中的批评缺乏与人为善的态度，“实际是陷入敌我不分，亦是失去立场的批评”。

丁玲为何也要出面写批判文章呢？1982 年，她在天津文艺界的一次讲话中谈到这件事：“《人民文学》把这个作品（《我们夫妇之间》）当作好的作品发表，当时我虽认为不好，但没有吭声，没有写文章。陈企霞找冯雪峰写了这篇文章。《人民日报》编辑部开会，一位文艺领导人（周扬）就在那里说：《文艺报》的路线错了。陈企霞要组织《文艺报》通讯员们座谈，来证明冯雪峰的文章是对的。我说：不行，你这样组织一部分人写文章座谈，不能解决问题，反而使不同意你意见的人更加反感。这样不就成了'派'了！我说，这不好，我来写文章吧！"

丁玲的《作为一种倾向来看——给萧也牧的一封信》里说："这篇小说很虚伪，不好，应该告诉你，纠正这种倾向，不要上当……你的作品已经被一部分人当作旗帜,来掩护一些东西和反对一些东西了……不能说只是你个人创作问题，而是使人在文艺界嗅出一种坏味道来，应当看成是一种文艺倾向问题。"

丁玲公开批判萧也牧，并非他们过去有什么过节，相反，他们原来关系很好。萧也牧原名吴小武，是"三八"式老干部，1939 年开始以萧也牧为笔名在晋察冀边区的报刊上发表小说、散文。40 年代末，萧也牧夫妇与丁玲都住在河北阜平县抬头湾村时，他还为丁玲抄过《太阳照到桑干河上》一书的稿子。萧也牧是怎样的人，写过哪些作品，他们夫妻关系如何，丁玲都清楚。她如果对萧也牧的创作有意见，本可以朋友的方式面谈，但她没有。而是选择以公开信的方式发表严厉的批评。这就涉及批评背后的政治动机了。原来，丁玲是不愿意她的“劲敌”周扬抓住《文艺报》有方向性错误。陈涌和冯雪峰仅仅把萧也牧说成是“小资产阶级倾向”“低级趣味”，丁玲要想表明自己办报的方向性没有错误，就一定把问题的性质提得更高，才能表明自己的鲜明立场。所以她在文章中说：“这些东西，在前年文代会时曾被坚持毛泽东的工农兵方向的口号压下去了，这两年来，他们正想复活，正在嚷叫。”丁玲在颐和园写这封“批评信”时，又适逢毛泽东去看望她，“丁玲向毛汇报她正在写的那篇《作为一种倾向来看》，并介绍了萧也牧的《我们夫妇之间》。毛泽东说，那是在自己吹他自己，作家捧作家自己，由此谈到团结、教育、改造几十万知识分子的问题。”丁玲更加意识到这篇文章与毛泽东想法的合拍。所以文章的最后口气变得严厉起来：“希望你老老实实地站在党的立场，站在人民的立场思索你创作上的缺点，到底在哪里。”

建国初期，毛泽东曾让江青请丁玲进中南海吃饭、划船，谈话中提到在行政组织与理论水平方面，她不如周扬。恰恰是周扬提出她主持的《文艺报》有方向性问题，丁玲便请冯雪峰写批评文章；让陈企霞为所谓的“读者来信”写编者按，组织讨论。这可视为丁玲、冯雪峰、陈企霞联手组织的一场文化战役。为了抢占制高点，表明这边理论水平与组织才能也不差，就顾不上老朋友的荣辱了。萧也牧成了这场战役的牺牲品。

《文艺报》带头发难，全国一些报刊也一拥而上，跟着批判萧也牧。除了《我们夫妇之间》，萧也牧的《海河边上》《锻炼》等作品一一被批。甚至牵连到赵丹，几年不让他演电影。萧也牧本来很有文学创作才华，从此只好罢笔。后来，萧也牧虽然在编辑事业上颇有成就，扶植过好几部名作，但荆棘"桂冠"一直压得他抬不起头。涂光群先生说："我第一次见到萧也牧是在1956年。那时，他已在一家出版社工作数年，当编辑。他向他的老朋友秦兆阳诉说自己的苦恼，即不管走到哪儿，总有些人在背后叽叽喳喳，甚至直戳他的脊梁骨：'看，这就是萧也牧，高等华人……'甚至还说些更加难听的侮辱性的话。可见'定格'的舆论之厉害。"1958年他被划成右派。"文革"中饱受摧残，"在那个时候，一个曾经在报刊上公开批判过的人，被关进'牛棚'的口实，是很容易制造的……他受到了无尽的屈辱和折磨，"病死在五七干校，死后被送到当地一个乱坟岗上。而把萧也牧送上祭坛的丁玲、冯雪峰、陈企霞、陈涌的命运也好不到哪里去，在反右运动中被一一戴上了荆冠。

2010年

桑干河上的风波

1951年，丁玲的长篇小说《太阳照在桑干河上》获得斯大林文学艺术奖，这在当时的中国文坛是一件大事。但出版和获奖的过程，却经历了一言难尽的周折。

出书的曲折

抗日战争胜利后，丁玲离开延安到晋察冀参加土改。1946年底来到河北阜平开始创作《太阳照在桑干河上》。1947年10月她刚完成小说初稿的五十四章，就在一次会议上听到中央政治局委员彭真的批评：农村"土改"要注意反对干部当中的地富思想。农村干部、地方干部有地富思想，我们的作家有没有地富思想啊？我看作家也有地富思想嘛。写雇农家里如何如何脏，地主家里怎么怎么漂亮。彭真虽然没有点名，但丁玲当然能听出这是指她。会后，军队干部蔡树藩问诗人萧三："丁玲怎么写这种东西?”当时没有复印机，丁玲的手稿一共复写了两份，一份自留，另一份只给两个人看过：主管华北宣传工作的周扬和诗人萧三。丁玲问萧三：你看过我的手稿，是否对外人道及。萧三说没有，他没有对任何人讲过《太阳照在桑干河上》的情况。看来，向彭真反映这部小说有问题的，只有周扬了。丁玲很沮丧，只好放下笔，到获鹿县宋村主持“土改”工作。

周扬为什么对这部小说不满?他没有明说。直到1955年揭批“丁玲、陈企霞反党集团”的大会上，有人质问丁玲：文采形象的塑造意欲何为?是在讽刺谁骂谁?是不是攻击周扬同志?丁玲才意识到，周扬对小说的不满，是怀疑文采这个人物讽刺了他。其实，小说里文采的原型是丁玲丈夫陈明的一个同事。这个同事看过《太阳照在桑干河上》以后，觉得小说的描写是善意的。

1948年4月底，丁玲住进了位于河北正定的华北联合大学，到6月初将小说定了稿，月中又到西柏坡请胡乔木、艾思奇、萧三、江青、陈伯达等人审阅。丁玲在西柏坡邂逅到彭真，彭真向丁玲做了自我批评，说自己没有看丁玲的书稿，只是听了汇报就批评，是不对的，并表示歉意。当时，已经确定丁玲参加中国妇女代表团，赴匈牙利出席世界民主妇联第二次代表大会。丁玲对毛泽东的秘书胡乔木说：“这次妇女代表团出国，团员中有劳动模范，有战斗英雄。我是以中国作家名义参加妇女代表团的，是不是要有一本著作带去才好呢？”胡乔木说：“你是个作家，该带着书出去。”

萧三夫人甘露回忆：1948年炎夏的一天下午，毛泽东的警卫班长请胡乔木、萧三、艾思奇及萧三夫人甘露等人陪毛泽东驱车到离西柏坡二十多里外的地方乘凉。毛泽东问甘露：胡乔木他们在一边谈什么？甘露说：最近丁玲写完了一部长篇小说《太阳照在桑干河上》，是写张家口附近农村“土改”的。丁玲请他们几个同志看看，提提意见……过了半小时，胡、萧、艾三人来到主席身边，主席问他们讨论得怎么样，乔木同志说：“写得很好，个别地方修改一下可以发表。”主席说：“丁玲是个好同志，就是少一点基层锻炼，有机会当上几年县委书记，那就更好了。”毛泽东说了话，小说就有了通行证。

据学者龚明德说：1948年8月13日，丁玲在大连和光华书店负责人邵公文正式商谈出书事宜。邵公文与丁玲曾同在延安，光华书店等于东北解放区的三联书店，受中共中央的直接领导。有胡乔木等人的意见，邵公文二话不讲，抓紧安排，几乎是火速拼排。小说9月出版。丁玲11月带着《太阳照在桑干河上》出国。

陈企霞对小说拿到东北出版也有一种说法：《太阳照在桑

干河上》脱稿后，她请我看看。照理说，这样及时地反映现实生活的作品，在当时是很需要的，但由于作品刺痛了某些人，他们便指责作品反映的是富农路线，致使作品在华北未能出版。作品被拒绝后，丁玲见到我不由得流了泪，我也很替她难受。要知道，这部作品来得不易呀，它是丁玲深入实际的产物，上面聚集了她的心血和爱憎。我只好安慰她说，你不如到东北去，换个地方，或许还有出版的希望。听我的劝告，她果真到了东北。有价值的作品，它的光辉决不会因非议而消失。在东北，《太阳照在桑干河上》很快就出版了，并且受到读者的热烈欢迎。有人甚至赞扬它是一部"史诗似的作品"。后来，华北也出版了这本书。

当时，中华人民共和国还没有成立，在中国共产党控制的解放区，实行的是一元化领导。一部长篇小说的出版，或者一出戏的上演，都要经过党的高层领导拍板决定。党的宣传部门的领导人可以否定作品的出版权利，级别更高的领导人也可以让作品起死回生。《太阳照在桑干河上》所经历的，就是特定时代的悲喜剧。

获奖的风波

1951年，苏联要中国推荐作品参加斯大林文艺奖评选。当时，发生了一场东总布胡同和西总布胡同的争执。东总布胡同22号是作家协会前身“文协”驻地。西总布胡同30号是工人出版社驻地。学者苏春生说：“申请斯大林文学奖名单时，双方意见相左，王春等提议报赵树理，最后申报的却是丁玲的《太阳照在桑干河上》和另外两部作品，双方对立情绪剧烈，弄到各自组织人写文章，要在报上公开批评。”而丁玲的秘书张凤珠回忆：中国方面最初的选送作品名单中，没有上报丁玲的《太阳照在桑干河上》，上报的是赵树理的《李有才板话》。当时，赵树理是工人出版社社长，王春是副社长。他们倡导新文学的通俗化。北京的文化圈里流传：“东总布胡同是高雅人士生产面包，西总布胡同是生产窝窝头的工厂。”双方的矛盾，在推荐斯大林文艺奖时，达到顶点。

学者张霖认为：斯大林文艺奖的提名风波背后有周、胡两位党的文化高官干预。周扬首先推荐赵树理参加评奖，后为平衡各方利益，放弃提名《李有才板话》，并对东、西总布胡同的文学竞争做出各打五十大板的结论。周扬召开了东、西总布会议，双方各有五人参加。东总布参加的有丁玲、陈企霞、严文井、王淑明等，西总布参加的有赵树理、王春、章容、苗培时、颜天明。周扬在会上说：“今天参加会议的都是共产党员吧，不能再这样搞门户之见了，以后你们东总布胡同不要再批判赵树理了，西总布胡同不要批判丁玲，谁要批判这两位同志，都得经过我批准。”何家栋生前接受笔者采访时说：“周扬建议双方在作协开会解决分歧，最后将赵树理调到作协，才把问题解决了。” 中宣部副部长胡乔木又是如何处理纷争呢？他说赵树理写的东西不大、不深，写不出振奋人心的作品来。先解除赵树理工人出版社社长职务，让他静心读书，并亲自为他选定了五六本苏联等国的作品，然后让赵树理下乡。赵树理说："我把他选给我的书读完，他便要我下乡，说我自从入京以后，事没有做好，把体验生活也误了，如不下去体会群众新的生活脉搏，凭以前对农村的老印象，是仍不能写出好东西来的。”赵树理到山西盘桓了两个月，远离了纷争。

据任弼时的秘书朱子奇回忆：1950 年春天，我在莫斯科时，一位苏共中央负责人问我对《太阳照在桑干河上》的看法，他们听说，中国有权威人士发表了否定性的评论，如这部作品获得了斯大林奖，会产生什么影响。我将他的意见转告了在莫斯科的任弼时同志。弼时同志说，他很少看小说，但《太阳照在桑干河上》他却看了，认为是部好作品。反映了“土改”斗争的实情，写得生动有味道，也符合政策。至于有同志指出缺点、不足，是次要的。没有十全十美的干部，是否有十全十美的小说呢？大概也没有吧！我把弼时同志的这段话的大意,讲给那位苏联同志听，他表示高兴，也很赞同。后来，《太阳照在桑干河上》列入斯大林文艺奖获奖名单，并在苏联报刊上广为介绍和评价。结果，《太阳照在桑干河上》获斯大林文艺奖二等奖，周立波的《暴风骤雨》和贺敬之、丁毅的歌剧剧本《白毛女》获三等奖。

苏联方面为什么欣赏《太阳照在桑干河上》，估计和丁玲三次出国有关。当时，中国革命刚刚胜利，中共作家创作的表现这场革命的大型作品还不多，有机会被译成外文，在国外传播得则更少。丁玲除1948年参加世界民主妇联第二次代表大会，当选为执行委员会理事那一次，1949年4月，又一次出国，随郭沫若赴布拉格参加保卫世界和平大会；5月到莫斯科参加五一庆祝大会，并为俄译本写序，还参加了苏联作家协会的欢迎会，应邀到《旗帜》杂志社编辑部介绍《太阳照在桑干河上》的创作情况。11月，丁玲再次以中华全国总工会和中苏友好协会代表团团长的身份率团赴苏，参加十月革命三十二周年庆典。这时《太阳照在桑干河上》已经在《旗帜》杂志连载，丁玲再次到编辑部参加座谈，受到热烈欢迎。所以，苏联方面要给丁玲的小说评奖，不是盲目的。1952年6月，丁玲获得五万卢布奖金，全部赠给了全国妇联儿童福利委员会（也有人说，作家协会幼儿园创办用的是丁玲的这份奖金）。

1954年，周扬率团参加全苏作家代表大会，丁玲是团员。不论是在这次会上，还是在群众场合，苏联方面介绍丁玲这位获奖女作家时，台上台下总是掌声雷动，经久不息。而介绍团长周扬时，只有寥寥的巴掌响。周扬受到冷落，当然不愉快。这也为丁玲后来的遭遇埋下了伏笔。

2010年

《青春之歌》：诞生的阵痛

杨沫的长篇小说《青春之歌》，和《红旗谱》一样，是诞生于1958年的当代文学名作。如果说《红旗谱》的问世十分顺利，那么《青春之歌》的出版却是一波三折。小说创作用了三年半，出版却长达三年。杨沫的儿子老鬼写的《母亲杨沫》，详细记录了《青春之歌》诞生过程的阵痛。

创作的动力

杨沫是老干部，1936年参加革命。革命胜利后，她工作却不顺心。她先是在《人民日报》当编辑。用现在的眼光看，这是一份美差，但当时她身体很差。《人民日报》一把手邓拓对她的丈夫说："转告杨沫同志，不要逞英雄，有这么多孩子，身体又不好，安心养病吧。"杨沫觉得领导把她当成可有可无的人，心里不痛快，又和直接领导有隔阂，于是要求调到妇联。

到了北京市妇联，那里人看杨沫身穿列宁服，戴个蓝帽子，说话带着河北口音，土里土气，以为她是乡下人，没有把她当做革命老同志对待，而是和刚分配去的大学生一样，让她打杂，给人抄登记表，到电影院当招待，帮后勤分发节日用品，有时还遭到领导的呵斥。1949 年 7 月，她又因为宫外孕，摘除了子宫和一侧卵巢。手术后全身疼痛，头发大把大把脱落，开始秃顶。

1950 年，因为不能正常上班，杨沫辞掉妇联的工作，把组织关系转到了北池子街道。和家庭妇女、小贩、小手工业者、蹬三轮的一起过组织生活。看不到文件，参加不了会议，她心情极其郁闷。

过去说，艺术是苦闷的象征。从生理到心理的极度痛苦，成了杨沫创作的动力。写什么呢？对于杨沫这样气质敏感的知识女性来说，最重要的心灵史当然是青年时代的爱情与婚姻。正好，进入她生活的几位男性都不同凡响。张中行，她的第一个伴侣，当时的北大学生，20 世纪 90 年代的著名文化人，在她笔下成了余永泽；路扬，她的革命罗曼蒂克男友，一个传奇般的将军，在她笔下成了卢嘉川；马建民，她的丈夫，中国最高师范学府的领导人，在她笔下成了江华。《青春之歌》的故事虽然发生在中国现代的革命大潮中，但最具魅力的内核无疑是青年知识女性林道静与几位青年男性的情感波澜。对于一位三十几岁就要长期注射荷尔蒙的妇女来说，这应是她最重要的人生记忆了。“她身边的每一个战友牺牲都给了她超强刺激，撕裂着她柔弱的神经。”这也是她写作《青春之歌》的冲动。

小说创作还算顺利。1955年春天，她就完成了三十五万字的书稿。当时不叫《青春之歌》，而叫《烧不尽的野火》。

出版的波折

中国青年出版社听说杨沫写了一部反映30年代青年学生走上革命道路的作品，就要去了书稿。但编辑看完后，却拿不定主意，提出让杨沫找一个名家看看，若名家肯定，就马上出版。

杨沫的妹妹是电影明星白杨。姐妹一起拿着书稿找到中国文联秘书长阳翰笙审阅。阳翰笙非常忙，稿子放了几个月，也没有时间读。

中青社只好取回稿子自己先看。编辑的审读意见是：一、还得请专家看；二、如能删掉一些描写小资产阶级知识分子不健康的思想感情的地方，会大有长进；再把一些薄弱的地方适当加强，是可以达到出版水平的。

阳翰笙又推荐中央戏剧学院教授欧阳凡海审读书稿。欧阳凡海早年留学日本，1937年到延安，曾任鲁艺文学研究室主任。他当然熟悉《在延安文艺座谈会上的讲话》精神。他的审稿意见写了六千多字，共三十三条，前三条讲了优点，如“结构活泼而紧张”，“所写卢嘉川等人物‘相当成功’”外，后三十条，指出的则全是缺点。欧阳凡海认为：最大的缺点是“以小知识分子的林道静为书中最主要的主人公、中心人物和小说的中心线索。而对林道静却缺乏足够的批判和分析”。欧阳凡海对这部书稿基本否定，杨沫只好把书稿放进了抽屉。

还有一种说法，萧也牧从作家柳溪那里得到杨沫书稿的上半部。因稿子凌乱，先请人重抄了一遍。萧也牧在给杨沫的信中说：“现在没有着手看，因为编辑部人手极端缺少，拟待四月初《烧不尽的野火》下半部手稿寄来后，我们当即安排时间阅读。”由于认同欧阳凡海的意见，使得中青社对这部书稿并不积极。萧也牧是《红旗谱》的伯乐，却没有成为《青春之歌》的伯乐。当然，他也为此书策划了一个书名——《青春之歌》。作家石湾后来分析：中青社不是没有眼力，“实在是在萧也牧的《我们夫妇之间》遭到批判之后，对于处理‘小资产阶级知识分子’为主人公的作品慎而又慎。”

一年后，小说终于遇到了伯乐。这就是时任《人民文学》副主编的作家秦兆阳。秦兆阳是杨沫 1942 年在华北联大学习时的老师。杨沫还是秦兆阳夫妻的媒人。1956 年春天，杨沫把书稿交给了秦兆阳。“过了些天秦兆阳来了电话，说稿子看过了，挺好，没有什么大毛病，已经交给了作家出版社。”作家出版社表示：这“是一部有分量的作品，想尽快出版。只需要对个别的一两处地方修改一下即可——因为要落实毛主席的‘百花齐放，百家争鸣’的政策”。为了表示诚意，作家出版社还向杨沫预支了一千元稿费。杨沫又用了二十天把稿子修改了一遍，全书约四十万字。

因为“双百方针”，中青社也想起了这部书稿，向杨沫表示可以尽快出版。但杨沫已经预收了稿费，当然不可能从作家出版社撤稿。

杨沫 6 月交稿以后，作家出版社却没有及时付排。先是责编任大心被抽去搞审干工作，别人又插不上手。10 月底任大心发排了稿子，12 月又说因为纸张紧张，恐怕要拖延。气得杨沫在日记里骂开了：“真他妈的，天下事，总不像你想得那么痛快。”1957 年 1 月任大心电话告诉杨沫：因为全国纸张缺乏得厉害，《青春之歌》今年不能出了。杨沫又找到秦兆阳问：可不可以少印点，把书先弄出来？秦兆阳说，无能为力。《人民文学》每期 19 万册不够卖，因为缺纸，每期要少印 3 万册。

因为缺纸，排好了的畅销书不能开印，这是今天的人们难以想象的。但中国计划经济年代物资匮乏是常态，所以经济学家才把那种经济体制称之为短缺经济。短缺经济不但影响到小说印刷用纸，甚至影响到高考试卷用纸。直到 1977 年邓小平决定恢复高考，印刷试卷的纸张出现缺口，一些省还请示是否可以动用印刷《毛选》五卷的纸张印试卷。

杨沫这时肝部剧痛，怀疑自己得了肝癌。她想在告别人生之前，看到自己的小说问世。这次阳翰笙出面帮了忙。1957 年 3 月，他给人民文学出版社副总编辑楼适夷打招呼，请他帮助催促。责任编辑向杨沫表示："现在已有四部长篇要付排，你这部挤一挤，也许能挤下。"言外之意，也可能挤不上。杨沫一气之下，又给作家出版社一把手王任叔写了信，让他们出书要守信用。总算有了确切的回复。

好事多磨。《青春之歌》终于在 1958 年 1 月出版。出版以后，立即轰动。报刊连载，广播电台连播，书店销售一空，马上加印 5 万册。到 1958 年 6 月，已经印到 39 万册。1959 年改编成同名电影，影响更大了。以后，小说多次再版，发行量逾 500 万册，还被译成近二十种文字介绍到国外。杨沫一举成名，当年就参加中国作家代表团，赴塔什干出席了亚非作家会议。

《青春之歌》出版始末，发人深思。阻力在"小资"，成功也在"小资"。一个"小资产阶级"问题，险些使这部好作品胎死腹中。而这本书的流行，靠的正是“一个小资味的女主人公的真实生活经历，抓住了读者的心”。杨沫基本是按照她的感情经历来写的。她没有去过延安，似乎没有受到《讲话》的严格训练。如果早一点领会《讲话》的精神，她敢不敢创作以“小资”为主人公的鸿篇巨制就是问题了。当然，这部小说今天还能再版，并改编成电视连续剧，还是因为“小资”。“小资”让它有可能跨越代沟，获得新一代人某种程度的共鸣。

2010年

《红旗谱》背后的稿费风波

以往对文学名著的研究与欣赏往往侧重故事情节、人物性格、叙述语言、思想内容等方面，其实，在名著问世和传播的过程中，往往有许多读者意想不到的波澜，这虽然在作品里面看不到，却是作品命运的一部分。以长篇小说《红旗谱》为例，背后就有鲜为人知的故事。

《红旗谱》的作者梁斌是河北蠡县人。他在中学时代经历和目睹了 1930 年的保定二师学潮和 1932 年的高蠡暴动。从战争年代到建国初期，他一直有一个心愿，就是把这些发生在身边的惊心动魄的事件写下来，并且尝试了短篇和中篇小说。在他担任《武汉日报》社长时，通过老朋友田间，调进中央文学研究所担任党支部书记。他心里想的就是创作，当时所长丁玲也向大家交代，“梁斌同志是一面工作，一面写作”。那个年代政治运动一个接一个，梁斌把支部工作推给了副书记徐刚。文学讲习所学员王慧敏回忆，梁斌“无论开会、参观、听报告或到食堂吃饭，一年四季腋下总是夹着一个鼓鼓囊囊的深紫色的大皮包；甚至开会发言时，还用手按着皮包，像怕遗失似的。有时还见他从皮包里抽几片纸记上点什么，很快又把纸片放进皮包里。有的同学提出过意见，说梁斌同志对支部的工作管得少。直到 1957 年《红旗谱》问世后，我才恍然大悟，才知道他那不离身的皮包的秘密——原来这部辉煌巨著的雏形，就在这个皮包里。”

梁斌的小说刚有初稿，中国青年出版社文艺编辑室副主任萧也牧就听到了这个消息，他拉上编辑张羽，把初稿抱了回来。萧也牧敏锐地判断，这部小说气势不凡，“将极大地丰富我国近代文学史的人物画廊。”编辑们也认为稿子基础不错，可以列入出版社重点书稿，但需要进一步修改。梁斌很受鼓舞，主动辞去了文学研究所支部书记的职务，到河北文联挂了个副主席，经过半年奋战，将《红旗谱》又改了一稿，交给中青社。中青社的编辑对书稿基本肯定，又提出两条意见，“有些章节还缺乏很好的剪裁”，“对党的地下工作的艰苦性写得不够”。梁斌复信表示：“感谢你们尊重我的劳动，我同意你们的意见。”“现在我打算分两部出书。第一部约在明年夏初交稿。第二部约在秋末交稿。这样，在现在基础上，可以搞得好一点。”为了节省梁斌跑路的时间，萧也牧

1956 年底专程去保定梁斌处审稿。看了稿子，他兴奋地说：“这是史诗。”当下和梁斌正式签了约稿合同。文艺编辑室主任江晓天知道萧也牧也是晋察冀根据地出身，对高蠡暴动和那一带的生活比较熟悉，决定由他当责任编辑。萧也牧本人也是一位有成就的作家，20 世纪 30 年代末就开始发表小说、散文。建国初期因为轰动一时的《我们夫妇之间》遭到严厉批判，才不得已放弃了文学创作，全身心地投入到为他人做嫁衣裳的编辑工作。他呕心沥血，忍受剧烈的胃疼，为《红旗谱》思考修改方案，并对其文字加工润饰。他还拿着清样，找过几家刊物，争取在出书前选发几章。结果没有一家刊物愿意选登。梁斌实际上也遭遇了“一个作家没有成名之前发表作品的困难”。《红旗谱》终于在 1957 年底出版了。以后的情况全变了。小说产生了巨大的轰动，一纸风行，一版再版，被评论界提到了“里程碑”的高度。千里马遇到伯乐，这部名作的诞生堪称顺利。

风波发生在成功以后。

当萧也牧再找梁斌要第二部稿子时，梁斌的稿子却到了百花文艺出版社。这时梁斌已得大名，百花社开出了更高的稿费，把《播火记》连同《红旗谱》的版权一块儿拿走了。梁斌还埋怨萧也牧没有为朋友“两肋插刀”。

萧也牧不服气。千字十八元，三万册一个单位，这在当时是很高的稿费。一般标准千字才六元到十二元。《红旗谱》第一次印刷的稿费是四万元。这在当时已是一笔巨款。这些革命作家当时都是收入高于平民的高级干部，月工资不过一百多元到两百多元。丁玲、田间、赵树理、马烽等作家50年代都在北京买过四合院，一处四合院当时才几千元。

中国青年出版社当然不肯接受这样的结果，他们向中央有关部门告了一状。当时的出版格局是全国一盘棋，不同的出版社之间基本不存在商业竞争，加上实行计划经济，出版社也不在乎盈亏。两个出版社斡旋的结果是，百花社把正在排印中的《播火记》交给了中青社，同时归还了《红旗谱》的版权，中青社也同意赔偿百花社的损失。

中青社拿回了书稿，和梁斌发生了不愉快的萧也牧不便再当责编。《播火记》的艺术价值也没有达到《红旗谱》的高度。

同时，梁斌那边也惹上了麻烦。作家王林在“文革”中的交代材料中谈道：梁斌争稿费的事，被中青社反映到中央。河北省委知道后很震怒。一般革命干部知道后也很震动。省委宣传部长远千里、省文化局长路一等领导为了保护梁斌过关，劝梁斌把已到手的稿费以党费的名义缴公。梁斌照此做了，但心里并不服气。梁斌说，全国作协邵荃麟和天津作协方纪都同情他。理由是稿费是国家批准的制度，出版社和作者又有合同。1962年，文艺政策一度宽松，远千里从省委机关党费中提取了几万元对梁斌进行了退赔。梁斌收下了。王林还谈道：四清运动中，文艺界革命群众对梁斌的大量稿费和生活特殊化又有一种舆论，梁斌也感到压力，这时见到我，不仅说周扬到天津如何见到他，并且说市委文教书记王亢之还带他见了陈伯达。他们家还挂有陈伯达的手迹。梁斌说："有一次我到招待所去见陈伯达，正碰上万晓塘（天津市委第一书记）在那里汇报工作。我见他们有工作，就要回身出来。陈伯达同志故意大声问我：'梁斌，你是有一百万元的存款吗？'我赶紧回身解释了一下，'这几年一共得到了几万元稿费，因为家里负担大和本人有病，花得不少了。'陈伯达同志没有听完就哈哈大笑着说：'我以为你是百万富翁呢，闹了半天才有几万元的稿费'！""文革"中，稿费问题再次成为梁斌挨批的口实。

现在回头看，梁斌写出了名著，想多得些稿费也符合人之常情。但这场稿费风波反反复复，得而复失，失而复得，从50年代末一直闹到"文革"，成了当时文艺政策乃至政治空气由松而紧，由紧而松，再由松而紧的一个缩影。

这场风波也深深地伤害了伯乐和千里马之间的感情。据中国青年出版社编辑黄伊讲，"粉碎'四人帮'以后，梁斌听他讲述了萧也牧在‘文革’中的悲惨遭遇，不胜唏嘘，含着泪说：‘没有想到萧也牧比我还惨！我不该那样误解他呀’！”

2010 年

《海瑞罢官》与郭沫若辞职

京剧《海瑞罢官》的独特历史地位，并非因其艺术成就之高，而是因为姚文元对它的批判拉开了“文化大革命”的序幕。

海瑞本是一个明代的官员，历任知县、州判官、户部尚书、兵部尚书、尚书丞、右佥都御史等职。他正直刚毅、为政清廉，职位低下时敢于蔑视权贵，做了高官仍直言敢谏，冒死上疏。他抑制豪强，安抚百姓，以清官的美名流传于世。1959 年 4 月，毛泽东在中共八届七中全会上说，海瑞写给皇帝的信，意见很尖锐，那是很不客气的。海瑞比包文正不知高明多少。毛泽东号召干部要有海瑞批评嘉靖皇帝的勇气。还提出要找研究历史的人写宣扬海瑞的文章。胡乔木将毛泽东讲话的精神转告明史专家吴晗。吴晗本是民盟左派，共产党员，时任北京市副市长。他很快发表了《海瑞骂皇帝》《论海瑞》等文章。著名京剧演员马连良看到后，又请吴晗创作了剧本《海瑞罢官》，由北京京剧团于 1961 年上演。1962 年 3 月，江青看了这出戏，认为政治倾向有问题，想找李希凡写批判文章，没有得到响应，又去华东找人，得到上海市委领导支持。1965 年 3 月，上海市委分管宣传的书记张春桥，确认毛泽东支持此事，找来姚文元面见江青，并从复旦大学调来朱永嘉协助。他们的批判文章写了半年，七易其稿，毛泽东亲自看了三遍，上海市委决定在 1965 年 11 月 10 由《文汇报》发表，题为《评新编历史剧〈海瑞罢官〉》，署名姚文元。1965 年 12 月 21 日，毛泽东在杭州对陈伯达、艾思奇、关锋等人说，姚文元的文章好处是点了名，但是没有打中要害，《海瑞罢官》的要害是罢官，嘉靖皇帝罢了海瑞的官，1959 年我们罢了彭德怀的官，彭德怀也是海瑞。

从此，批判吴晗的鼓声一阵紧似一阵。此事也惊动了中国科学院院长兼中国文联主席郭沫若。郭沫若曾于 1960 年观看川剧《大红袍》，作七律一首：

刚峰当日一人豪，克己爱民藐锯刀。
堪笑瘟君如土偶，竟教道士作天骄。
直言敢谏疏犹在，平产均田见可高。
公道在人成不朽，于今犹演大红袍。

并有注释：《大红袍》即《海瑞传》，海瑞号刚峰先生。明史传称海瑞主张恢复井田制，不得已则当限田，再不得已亦当均税。此人在当时颇得民心。

1961年2月，郭沫若到海口参观海瑞墓，又作诗称赞海瑞："我知公道在人心，不违民者民所悦。史存直言敢谏疏，传有平产均田说。"

郭沫若这样评价海瑞，和史学界及民间的主流看法并无不同。但到1966年初，赞扬海瑞就等于为彭德怀翻案，成了严重的政治问题。于是，郭沫若给中国科学院副院长兼党委书记张劲夫写了一封信，说：

> 劲夫同志：
>
> 我很久以来的一个私愿，今天向您用书面陈述。
>
> 我耳聋，近来视力也很衰退，对于科学院的工作一直没有尽职。我自己心里是很难过的，怀惭抱愧，每每坐立不安。因此，我早就有意辞去有关科学院的一切职务（院长、哲学社会科学部主任、历史研究所所长、科技大学校长等等），务请加以考虑，并转呈领导批准。
>
> 我的这个请求是经过长远考虑的，别无其他丝毫

不纯正的念头，请鉴察。

敬礼

郭沫若

一九六六年一月二十七日

张劲夫收到这封信后，马上于1月31日下午4时去郭沫若家看望。他对郭沫若说，“信已收到，感到兹事体大，已将信送给定一同志，并请定一同志转中央。是否由于我们工作有缺点，使郭老感到有负担，请郭老告诉我们，以便努力改正。因为聂总在广州休养，我托聂总秘书将郭老信的内容转报了聂总。这时聂总秘书正由广州打电话来，要我将聂总的话转告郭老。聂总说，他得知郭老信的内容，感到有点惊讶。如果是科学院的同志工作中有缺点，对郭老尊重不够，望郭老不用客气提出来，务必改正。”

郭沫若对张劲夫说：“我写信决不是聂总和你说的原因，而是从最近批判‘海瑞罢官’等问题，感到自己问题也很多。我自己感到是一潭臭水，只是盖子未揭开，一揭开盖子，问题是很多的，继续担当这些职务，怕影响不好，于心很不安。过去我也曾经提过，最近经过一再考虑，所以写这封信，主要是自己感到惭愧。我连现在住这样的房子也感到不安，有时想到是否让我下去锻炼锻炼，当一个中学教员。”

张劲夫说：“郭老著作中的一些问题，与吴晗等人的问题，根本性质不同。”

郭沫若说：“我的问题是与吴晗不同，吴是借古讽今，我是借古颂今。如《武则天》中的裴炎，我是影射彭德怀的。不过我仍是感到问题不少。比如学雷锋、王杰，要言行一致，我在有些问题上就不够言行一致。党对我这样重视，担任这么多职务，有时总感到不安，怕影响不好。中央指示要大力提拔新生力量，是否提拔年纪轻一些的人来担任更好。”

张劲夫说：“有些领导职务，要考虑国内国外的影响。”

郭沫若向张劲夫谈了历史学界几年来的情况，说许多事情当时并不清楚，接下来尹达同志向我反映了，我才比较清楚。阶级斗争确实很尖锐，很复杂。他还把尹达的文稿《史学遗产与史学革命》及自己写的《批判海瑞与思想改造》拿给张劲夫看。张劲夫和郭沫若商议，最近要开党委扩大会，郭沫若说因听觉不便，有些会不能参加，对会议文件一定要参加讨论。

郭沫若要求辞职，在高层激起了道道涟漪。

姚文元文章上纲高、火力猛、逻辑蛮横，不但让吴晗百口莫辩，也让郭沫若望而生畏。郭沫若提出辞职，正好成为分管这方面工作的领导人向中央表达困惑的契机。

当时中央分管这方面工作的领导机构是“文化革命”五人小组，组长彭真，副组长陆定一，成员康生、周扬、吴冷西。下设学术批判办公室，主任是中宣部副部长许立群。据龚育之回忆：

1月29日，许（立群）把林（涧青）和我找去，说，于光远送来郭沫若的一封信，是郭交给张劲夫的……

许说，他已经向彭真报告了这件事情。

许还说，郭老都很紧张了。这件事很重大。估计郭老可能读到统战部的《零讯》和《光明日报情况简编》。这两个内部材料，都反映了一些人主张批判郭老的《武则天》《蔡文姬》。听说，郭老还写过两首关于海瑞的诗。春节前哲学社会科学部负责人向郭老汇报工作时，曾说过历史学方面的学术批判，还要扩大发展下去。春节的科学院团拜和政协常委团拜，郭老都不愿坐到主席台上去。他可能担心也会在报刊上被公开批判，因而先提出辞去有关职务。于光远建议，最好由中央负责同志找他谈一下，向他交底，把学术批判中不在报刊上公开批判郭老的底交给他。

许要我们详细查查《零讯》《光明日报情况简编》和其他一些内部反映，我们很快摘出了《很多人提出要批判郭沫若、范文澜等同志》这个材料，其中提到一些报刊已收到批评郭沫若的《武则天》等剧本的文章。也找到了那两首诗。许修改了材料，在重要处加了黑体。

许立群一直担心批判牵扯过众，扩大过多。就此给彭真写了一封长信，在表示要贯彻毛泽东批判海瑞罢官的意见同时，提出了如何把握政策的问题，并有七个附件。其中第四个附件就是《关于郭沫若同志的一封信的汇报》。彭真收到信后，于2月1日送毛泽东、刘少奇、周恩来、邓小平、陆定一、吴冷西阅。5日，毛泽东批给江青："这批材料阅后暂存你处。"2月8日，彭真、陆定一、康生、吴冷西、许立群、胡绳、田家英一行乘飞机到武汉东湖，面见毛泽东，由许立群当面汇报。事后，许立群告诉龚育之，毛泽东同意了他和姚溱起草的《"文化革命"五人小组关于当前学术讨论的汇报提纲》，毛泽东只有两点意见，一个是两个月以后也做不了政治结论，一个是不要批评郭老和范老，他们两个还要在学术界工作，表示一点主动，作一点自我批评好。

许立群当时就把《汇报提纲》里涉及郭老、范老的两句话删了。所以形成文件的《汇报提纲》没有涉及郭沫若。

这个《汇报提纲》就是有名的"二月提纲"。2月12日中共中央批转下发。彭真、许立群他们的初衷是想用这个提纲把批判运动约束一下。但这个《汇报提纲》引起了上海方面和关锋等人的反弹，并得到毛泽东支持。于是，中共中央发出《五一六通知》，宣布撤消《汇报提纲》，撤消“文化革命”五人小组，成立新的中央“文革”小组，彭真、陆定一等人被打倒，“文化大革命”正式开始。

毛泽东发动这场运动的路线图，其实是由吴晗而彭真，由彭真而刘少奇，无意伤及郭沫若。但对于郭沫若来说，城门失火，殃及池鱼，给他造成了巨大的心理压力。

毛泽东说郭沫若作一点自我批评好，郭沫若自然不敢怠慢。4月14日，人大常委会举行第三十次会议，新任文化部副部长石西民作“关于社会主义文化革命”的报告，郭沫若听后即席发言：

> 石西民同志的报告，对我来说，是有切身的感受。说得沉痛一点，是有切肤之痛。在一般的朋友、同志们看来，我是一个文化人，甚至于好些人都说我是一个作家，还是一个诗人，又是一个什么历史家，一直拿着笔杆子在写东西，也翻译了一些东西。按数字来讲，恐怕有几百万字了。但是，拿今天的标准来讲，我以前所写的东西，严格地讲，应该全部把它烧掉，没有一点价值。

> 我自己作为一个党员，又是一个什么家，眼泪要朝肚子里流。我虽然已经七十几岁了，雄心壮志还有一点。就是说要滚一身泥巴，我愿意；要沾一身油污，我愿意；甚至于要染一身血迹，假使美帝国主义要来打我们的话，我向美帝国主义分子投几个手榴弹，我也愿意。

郭沫若虽再不提辞职之事，但对自己的作品来了个全盘否定。这种说法正合毛泽东的心思。当康生让人大秘书长连贯将记录稿送毛泽东时，毛立即指示公开发表。以《向工农兵群众学习 为工农兵服务》为题，登在4月28日的《光明日报》上。5月5日，《人民日报》全文转载。

郭沫若的文章发表以后，在国内外引起连锁反应。日本一些作家认为郭沫若受到很大压力。苏联《文学报》也全文刊载，有幸灾乐祸之意。在1965年7月4日的亚非作家会议上，郭沫若作了辩解："我说用今天的标准看来，我以前所写的东西没什么价值，应该烧掉。这是我的责任感的升华，完全是出自我内心深处的声音。但我这话传播出去，出乎意外地惊动了全世界，有不少朋友对我表示深切的关怀。但在资本主义国家和现代修正主义国家的报纸和刊物上，却卷起了一阵相当规模的反华浪潮。它们有意歪曲我的发言，藉以反对我国的‘文化大革命’。”

现在看，郭沫若 4 月 14 日的发言未尝不是源于恐惧心理。身为作家、学者，谁愿意把自己一辈子的文章说得一无是处？但到了这个节骨眼上，与其落个吴晗的下场，不如自己先说点过头话，过了这一关再说。这种做法固然出于无奈，毕竟在当时为极“左”思潮助长了声势，也为后来留下了一个话柄。

2010 年

《一个和八个》与郭小川的命运

长篇叙事诗《一个和八个》不但在郭小川的创作生涯中具有重要意义，在中国当代诗歌史上也占有不容忽视的地位。这部作品是在什么背景下产生的？经历了怎样的命运？它的历史地位怎样被确立？这都是值得研究的问题。近年来，我一直在思考《在延安文艺座谈会上的讲话》与中国当代作家命运的关系。我感到，郭小川的《一个和八个》可以成为《讲话》以后作家命运无常的一个典型案例。

闯入禁区的历史背景

《一个和八个》的时代背景是抗日战争，主人公王金是八路军的教导员，受到敌人有计划的诬陷，八路军政治保卫部门轻信了奸细的供词，认定王金是叛徒，将他和另外八个惯匪、逃兵、杀人犯关在一起准备枪毙。在监狱中，王金以他的人格的力量，感化了那些惯匪、杀人犯，使他们的思想发生了变化。其中有人向我军领导人员求情："我们这些人都是罪大恶极""可千万不能杀死这个教导员""天下没有一个人比他再好"。一场新的战斗使行刑暂停。日本鬼子突然袭击，锄奸科长受伤，战士和犯人们听从王金的指挥打退了敌人的进攻，犯人们也成为打击日本侵略者的勇士。这个故事塑造了一个逆境中坚持崇高理想的革命者，但同时也触及了一个禁区：主人公是革命队伍内部冤假错案的受害者。

新中国成立以来，以至延安文艺座谈会以来，还不曾有一位作家触及过这个敏感题材。但郭小川却闯入这个题材的禁区，这和他构思这首长篇叙事诗的特定时间背景有重要关系。

《一个和八个》初稿写于 1957 年 5 月中下旬。这是新中国政治思想环境的一个特殊时段。毛泽东在 1956 年 4 月 28 日的政治局扩大会议和 5 月 2 日的最高国务会议上提出"百花齐放，百家争鸣"的方针，并且由中宣部长陆定一在怀仁堂向科学界、艺术界宣讲这一方针，公开发表。1957 年 1 月 7 日，解放军总政治部的陈其通、陈亚丁、马寒冰、鲁勒四人联名在《人民日报》发表《我们对目前文艺工作的几点意见》，表达了对"双百方针"的忧虑，批评"社会主义建设的光辉在文学艺术这面镜子里光彩暗淡了”。毛泽东在其后的两次讲话中都批评这四人的意见不对，《人民日报》社论还说他们的态度是“教条主义”和“宗派主义”。这种形势极大地鼓舞了期望在创作中有所突破的作家们。“双百方针”调动了他们从题材到思想情感整体突围的热情，一时间，创作干预生活、表现人性、揭露阴暗面的作品成为风气，在 1957 年的 5 月达到高潮。

郭小川也处在这个环境中。当时，他刚刚从中宣部派往中国作家协会担任秘书长，在繁忙的行政工作之余，开始写诗。他以马雅可夫斯基的楼梯诗形式创作的《投入火热的斗争》《向困难进军》等政治抒情诗一炮打响，展示了他的天赋和才华，也使他的诗兴一发而不可收。尽管这些政治抒情诗有很好的社会效果，但他清楚这些诗在艺术上有明显的弱点。于是，他自我转型，力求向人性的深处探索。1957 年 4 月，他发表了长篇叙事诗《深深的山谷》，讲述了一个从思想到心灵与革命秩序和战争环境格格不入的知识分子，出于精神上的绝望跳崖自杀的故事。因为题材新颖，人物独特，发表后得到圈内人的赞扬。这使他“找到一条独特的创作新路，形成自己的独特风格”的“信心大为增长”。

他从自己的经历中，选出了更具挑战性的题材——革命队伍内部的冤假错案。郭小川在 1959 年的检查中这样回忆：远在二十年前，我就听了这样的故事："王明路线"或"张国焘路线"肃反时，押了一批犯人，都是被冤枉的好同志。一次，敌人围攻时，这批"犯人"就起而抵抗，大部分壮烈牺牲，只剩下几个逃生。这同样的故事，后来还听说过几回，就在二方面军中也有过这样的事情，肖劲光就被打击当了伙夫。我在延安参加审干时，就有意写一篇文章（小说或散文），企图用以说明那些被批斗错了的同志，一直没有动笔。

铭心刻骨的是郭小川自己参加革命后的遭遇，他在后来的"交代材料"中说："我对肃反是有阴暗心理的，在延安抢救运动时，我因为幼稚、糊涂，自己抓来一顶帽子。……此外，当别的同志和我谈起延安审干和抢救运动，为了被审查而发牢骚时，我也往往表示同情的态度。"说到同事的遭遇，还要提到的是王实味。郭小川说："1940 年在延安，在当时一些知识分子的影响下，思想上个人主义有所发展，和王实味在一个研究室里（王实味很会讲话，当时我觉得他好），整风初期曾倾向过他。""我当时在思想情绪上是与王实味相呼应的"。王实味比郭小川年长，1925 年考上北大，和胡风是同班同学，1926 年加入中国共产党，并开始在报刊上发表小说和理论文章。1937 年 10 月到延安，几个月后被调进马列学院（后更名为中央研究院）编译室，在编译室不到四年，王实味单独或与人合作共译出近二百万字的马列理论书稿。1942 年，时任延安中央研究院特别研究员的王实味写出杂文《野百合花》和《政治家·艺术家》，以敏锐的笔触揭露了延安生活的“不正常”，受到批判，进而以“反革命托派奸细分子，暗藏的国民党探子、特务、反党五人集团成员”的莫须有罪名被关押。1947 年 3 月，延安保卫战拉开序幕，王实味与中央机关一起向黄河以北撤退，在转移过程中，7 月 1 日夜晚被杀，置于一眼枯井中。

此外，还有亲人的遭遇。郭小川的妻子杜惠在延安抢救运动中遭到两年零五个月的关押。据杜惠回忆：我和郭小川甜美的新婚生活刚刚一个月，不料延安的整风学习，转入了审干运动。我在西北公学，因认为整风总结空洞无物，要求重新总结，被康生宣布为“七人集团”成员之一，后又被怀疑为“特务”。又因我拒不坦白，坚持实事求是，很快被投入了中央社会部的监狱，单独关押，戴过脚镣。每天半夜被提审。郭小川在后来的一段文字中写道：“我每夜都梦见你。每天都想到你，日子越久，我越想的是你的善良，你的朴质和诚实，一句话，你不像是特务——”

郭小川的创作灵感最终是另一个朋友触发的，他就是剧作家海默。海默 1943 年去延安，在鲁迅艺术学院学习。后创作过《草原上的人们》《春风吹到诺敏河》《母亲》等剧作。

1957年，海默针对现实生活中弄虚作假的现象，创作了干预生活的电影文学剧本《洞箫横吹》，后受到不公正的批判。1968年“文革”中被迫害致死。郭小川在日记中记录下他们50年代的频繁往来。“对海默，因为他比我年轻，我自以为政治上强，又觉得他有‘才’，主观上是想帮助他的。……对他的许多作品都提过意见，我的许多作品，他也看过，出过主意。”郭小川在1957年1月26日的日记中有这样的话：“顺便去看水华、海默。谈了一会儿。就约他们来家做客。在家里谈了一个晚上。海默对农村充满忧虑，主观主义作风似乎在农村十分风行，而农民生活又极其艰苦，我简直弄不清楚。”1957年4月24日的日记中写道：“十一时回来。洗澡，睡下，但一想到这首叙事诗（《一个和八个》）的结构，就怎么也不能睡了。这首诗，是海默那天谈话所启发的。我打算写一个坚定的革命家的悲剧。只剩下最后的结尾尚待思考以外，大部分是结构成了。”

这是一个酝酿已久的题材，过去迟迟没有动笔，是因为缺少外部环境。而1957年的春天提供了这样一个诱发人挑战和创造的外部环境。在这种背景下，郭小川从5月19日到26日，写出了1200行的《一个和八个》的初稿。

坚持修改的心结

然而，环境很快发生了剧变。以 1957 年 6 月 8 日《人民日报》社论《这是为什么》为标志，声势浩大的反右斗争拉开了大幕。全面地看，郭小川此前的政治立场并不算右。1957 年 2 月，他参加《星星》诗刊对《吻》《草木篇》《电影的锣鼓》等作品的讨论，认为："成都流沙河、石天河一批人的情形实在令人担忧，他们的思想实在已经具有反动的倾向了。"到了 6 月初，"中宣部的大字报越来越多了"，作协大楼也有了大字报。"饭后看了一下楼中的'大字报'。那里的气氛实在是很热闹的，偏激的意见自然也是有的，如何引导这一运动的确是值得考虑的。"郭小川是党内领导干部，有机会读到毛泽东亲自起草的内部文件《事情正在起变化》。这个文件产生于 1957 年 5 月 15 日。郭小川 6 月 17 日在中南海陆定一办公室第一次看到，6 月 20 日在机关又看，6 月 21 日晚于家里再读。所谓"引蛇出洞"的"阳谋"，在这个文件中展示无余。

然而，郭小川一面和作协领导成员研究如何展开机关反右的运动，一面仍在业余时间继续修改长诗《一个和八个》。到 1957 年 11 月 20 日，郭小川改定了这部作品，并争取发表。据郭小川在后来"交代材料"中说，他将《一个和八个》先交给《人民文学》，《人民文学》迟迟未登；以后又寄给《收获》，《收获》来了一封信，提出了尖锐的意见。这时，他也觉得没有把握了。“《诗刊》要过几次，人民文学出版社也来过信要出版，我均未答应。”“觉得问题是有的，这个题材恐怕不宜写，但说问题那么大，我却想不通。”

反右斗争火药味十足，一批干预生活的作家、诗人已经受到批判，郭小川为什么仍然不肯放弃这个题材，并一度争取公开发表？我想，他反复斟酌，再三修改，还是想让这部作品对现实产生某种影响。这种影响既有对制造冤假错案者痛心的提醒，也有对遭受冤假错案者善意的宽解与鼓舞。这就涉及反右开始后郭小川的心态。如果说，此前他的立场是不右，那么此后他的立场是不“左”。

他后来交代，“在反右派斗争中，我总希望斗争对象越少越好，只要别人不揭发，我就不提出来作为斗争对象。如谢冰心、臧克家、韦君宜、黄秋耘，我都不斗争或不主张划为右派分子。邓小平保护了《文艺报》的头子张光年、侯金镜、陈笑雨，我心里特别高兴。在讨论划秦兆阳为右派分子时，我一言不发，只等刘白羽提出不划。”“我总觉得像丁玲这样的‘大作家’和高级干部，要把她打倒是不可想象的，要把她当成专政对象和革命对象，我也下不了手”。

当时，他的妻子杜惠也险些被打成右派。郭小川在12月9日的日记里写道："碰到笑雨，他告诉我，说东郊区委正要批判杜惠，有划分为右派之势。弄得我非常不安！这对于一个家庭不能不说是一件大事！"据杜惠说，她在一个小学搞"社教运动，"一个教师因为给党提了意见，要被划右派。杜惠觉得这样做好像是搞阴谋诡计，就写了告状信给中央。东郊区委说，不让把他划右派就把你划右派。结果作协帮助把在报社工作的杜惠要了回来，那个小学教师被打成了右派。

郭小川后来说，"我的根本思想是：阶级斗争基本结束了，敌人不多了，只有人民内部矛盾了，不需要搞什么斗争了，但是，在大放大鸣期间（即反右斗争前夕），我自己还是感到受到了压抑，对旧作协这个环境还是很厌恶的，很多人钩心斗角、追名逐利。我想，要在这个地方干下去，一定得有一种'坚贞的出于污泥而不染的性格，'一定要忍辱负重，委曲求全……我当时头脑中的'坚定的革命家'就是这样一种人。于是，我极力想编造出一种这样的人物，宣扬和夸大他的'人格力量'。"

他想发表这首长诗，并无意反对运动本身，更没有"质疑更深层的制度问题"，他只是不相信挨整的都是坏人。他有一个心愿，想发表出来，试图告诉那些在运动中挨了整的好人，"受了冤屈我们应该如何对待"。他希望那些蒙冤的人能像王金一样，在逆境中仍保持革命理想和信念。郭小川这种心愿，今天看去比较天真和简单。但他能有这种意图，还是显示了一个诗人在严峻斗争中的人性高度，这是难能可贵的。冒一定风险，去表明自己的善良态度，在当时不是一般人能做到的。不能以今天的认识苛求郭小川——为什么不能在更为根本的层次上反思革命吃掉自己的儿女？

一场有惊无险的批判

郭小川在反右运动中安然无恙。然而，两年后他还是遭到了批判。

起因是1959年春天郭小川想离开作协，给刘白羽写了一封要求调动工作的信。6月20日，邵荃麟主持党组会批评郭小川不安心工作，郭小川顶得很厉害。于是，周扬把一年零四个月以前交给他审阅的《一个和八个》拿出来让内部批评。为此，作协党组连续召开七次12级以上党员干部整风会议，期间批判了郭小川的《一个和八个》《深深的山谷》《白雪的赞歌》和《望星空》。郭小川听了感到“简直是晴天霹雳！”当时的批判记录收入《郭小川全集》第十二卷。郭小川将会上对《一个和八个》的批判意见归纳为几点：第一，实际是为反革命分子辩护，为那些利用肃反向党进攻的反动分子辩护，为惯匪和逃兵、杀人犯辩护，似乎他们是“无罪”的、可怜的。这是最严重的颠倒黑白；第二，污蔑了党，歪曲了党的政策，按照这个作品所表现的，党是诬陷了好人的，党的组织、党的政策是混淆是非的，是天大的谎言；第三，把主人公王金这个孤立的人的所谓“人格力量”夸大到极端荒谬的程度，他自己的“人格”和“苦行”可以胜过党的集体力量和原则的政策；第四，全诗充满了“人性论”的反动观点，不管什么人（什么阶级，有什么罪不容诛的罪行），都有“人”的心肝，能懂得“人的意义”。批判会议发言记录中还有：“看不见阶级分析，全诗充满阴森恐怖的调子，灰色，毒草。”“打仗时战士都不行，队伍慌张地跑散，王金出来指挥，手绑在那里，刻毒的讽刺！”“参加延安座谈会，为什么不吸取教训？与右派分子、修正主义分子相呼应。”“是反党反社会主义的大毒草。其效果会不亚于‘日瓦戈医生’。”作协党组 1959 年 12 月呈送中宣部的关于郭小川的材料中说：“1957 年春，丁、陈反党集团向党进攻猛烈之际，郭小川同志写了一首反党性质的长诗。”

无论从语言上，还是逻辑上，和反右如出一辙，批判相当严厉，但后果却并不严重，郭小川没有遭到任何行政的处理。这是当代文学史上一次少有的特例。

原因何在？仔细分析郭小川检查交代及批判会议记录，我认为：作品没有发表，“毒草”没有出笼，可能是原因的一部分。但更重要的是，郭小川本来就不是要被刻意打击的对象。在之后的全国文艺工作会议上，中宣部副部长张子意针对郭小川的抒情诗《望星空》有一通尖锐的批判。张子意的发言震动了郭小川，也震动了周扬，周扬听后说：“没有想到子意同志讲得这么厉害。我看，刘真、郭小川不要批评了。”90年代末，笔者和张光年有过一次交谈，问到当年他以华夫的笔名对郭小川《望星空》的批评时，张光年是这样说的：当时郭小川不安心在作协工作，觉得做秘书长这些琐事影响了他的创作。而那时，他正是创作高产时期。为了帮助他克服不安心行政工作及创作上的自满情绪，党组让我写一篇批评他作品的文章。他的叙事诗《雪与山谷》《一个和八个》都被认为有问题，从保护他的角度出发，我选择了批评他的《望星空》，这样一来，上纲只能说“不健康的情绪”。张光年的说法是可信的。

挨批之后，郭小川还是调离了中国作家协会，到《人民日报》当了机动记者。用今天世俗的眼光看，已经担任了作协党组副书记，却变成记者，自然是贬职。然而对于一心想摆脱行政事务专注于写东西的郭小川来说，却是求之不得的精神解放。从1960年到1966年，郭小川的创作在数量上达到一生的高潮。

和许多遭受过粗暴批判的作家、诗人相比，郭小川无疑是幸运的。在1957年的反右运动中，因一篇小说、一首诗、一篇小品文、一幅漫画而打成右派，从此中断创作生涯几十年的人不胜枚举，几十年后平反，早已青春不再。相比之下，郭小川虽然也遭受了严峻的批判，但他却没有失去创作和发表的权利。

历史为《一个和八个》定位

郭小川有惊无险地度过了1959年的风波，但还有一场更大的风波等着他，这就是“文革”。“文革”中，几乎所有著名的作家、诗人都被打入了文艺黑线，1959年挨过批的郭小川自然在劫难逃。对包括《一个和八个》在内的作品进行上纲上线的自我批判，是郭小川不得不做的事。直至郭小川1976年去世，《一个和八个》仍然没有获得发表的机会。

中国毕竟要走进新的时代。新的时代要产生新的审美价值标准。郭小川去世三年后,《一个和八个》在《长江文艺》1979年第1期公开发表。这时平反冤假错案已达高潮。诗坛对郭小川又一次刮目相看。

郭小川去世七年后，1983年，张军钊、肖风、张艺谋、何群等新一代电影人，把《一个和八个》改编成电影，并且成为中国电影第五代崛起的标志性作品之一。郭小川的名字又一次引起公众的关注。

2006年,《一个和八个》 被改编成同名话剧公演。新一代艺术家们的诠释，让我们看到了《一个和八个 》长久的生命力。

2009年，新中国成立60周年之际,《 一个和八个 》被文学史家列入新中国六十年间的杰作。

郭小川生前多次检讨自己追求——“说别人不敢说的话，写别人不敢写的题材”，“有一种狂热、一种疯狂的当大作家的极端个人主义的念头”。这些，终于不再是罪恶，而成为诗人的优点。历经坎坷的《 一个和八个 》,给了诗人最好的历史回报。

2010年

侥幸的“山谷”

郭小川在20世纪50年代创作过三部叙事长诗。现在人们评价最高的是《一个和八个》，因为80年代改编过同名电影，相当轰动，成为“第五代”导演的代表作之一，其影响超出了文学界。但这首诗在郭小川活着的时候，根本无缘与广大读者见面。一般读者能够读到的只是郭小川的另外两首长诗：《白雪的赞歌》和《深深的山谷》。通过这两首诗，人们知道郭小川不但会写马雅可夫斯基式的楼梯诗，抒发政治宣言般的革命豪情，也会用叙事诗的形式，讲述革命队伍中曾经发生过的凄美曲折的故事。

《深深的山谷》讲述的是：一对青年男女在延安相遇相爱，因为参加革命的目的不同，接受革命熏陶感受不同，在革命的道路上，最终没有并肩走到底，男主人公“他”在险峻的战争环境中，不堪坚持，自杀身亡。诗中的“他”是被当做反面人物描写的。“他”的思想感情与革命队伍中的主导情绪很不合拍。这是诗人的第一首长篇叙事诗，他希望用这种形式，探索人的复杂性。

郭小川在1959年谈道：在给丁玲、陈企霞写“反党集团”结论时，非常烦恼，两三个月迟迟拿不出结论稿。此间，“1957年三四天假期中，我写了长诗《深深的山谷》，又在星期日和其他时间中应约写了两篇较长的文章和几篇短文。前者（长诗）是抨击一个类似丁玲的叛徒，后几篇文章则是针对当时知识分子的动摇而写的。”“1956年12月29日起，我就构思一首诗‘打算用一个女人的口吻写一个知识分子在艰苦斗争中的动摇和幻灭’，就是后来于1957年3月写成的《深深的山谷》。”

诗人在他当年的日记中说：“这首诗，只是为了对知识分子进行鞭挞，我当然是爱护知识分子，但他们身上的动摇不定的游离，却实在是一种讨厌的东西。”郭小川的夫人杜惠说：“小川的《深深的山谷》中男主人公的原型有点近似余平若，我和小川到热河后，听说他在东北自杀了。余是小川在马列学院的同学，在延安时他与我们住隔壁，看外表就像个大少爷，白白净净的，身体较虚弱，性格也较柔弱。”

一直以来，对男主人公“他”大体是这样评论的：“《深深的山谷》通过一个女人的自述，写出了一个小资产阶级知识分子不满意黑暗的社会，又拒绝改造‘利己主义的根性’，和革命集体格格不入，在尖锐的斗争面前动摇，徘徊以致最后毁灭的悲剧。”“《深深的山谷》对于革命队伍中的知识分子，是一个深深的警戒。”

这种说法，与我最初的阅读感受不完全吻合，但我也说不清楚对这个形象的真实理解。欣喜的是，这个文学形象并没有在时代的演变中退色，而是随着人们对历史认识的深入，闪烁出奇异的光彩，形成了特殊的艺术魅力。谢冕先生 2000 年重提这首诗时，这样评价：“在《深深的山谷》中，他的思考进入了在严酷环境和严格纪律约束下，知识分子的内心苦闷乃至因渴望自由而绝望的悲剧主题。”可谓一语中的。

今天再读此诗，诗中指导员对“他”的批评——“可惜，这是一个有学问的人，但也是一个软弱无能的傻瓜。”——就显得过于简单了。“他”是软弱无能吗？自杀是软弱，还是内心的另一种坚硬？“他”究竟是怎样一种人？今天，当我们对现代知识分子的命运有了深入反思，这个人物的内涵便彰显出来了。

《山谷》中的“他”，少年时代生活富裕，是个心性“孤傲”“清高”的人。指导员说他是个“有学问”的人，恐怕是指王实味那样一些有某种专长的青年知识分子。“他”为什么参加革命？“他”说，是在那个“黑暗社会”找不到出路，带着“一生的抱负”来到延安，寻找施展自己“治世良才”的舞台。可见，“他”来到革命“圣地”，有着清醒的态度和选择。

“他”首先获得了爱情。延安的女性很多，“他”为什么选择了“大刘”？诗中没有介绍女主人公“大刘”的容貌，他说：“我爱你，是因为看透了你的心。”“他”看中了“大刘”“单纯得如同一张白纸”。“他”一定坚信，这个单纯的女性不会对“他”产生多少影响，反而会在“他”的影响下向“他”的人生目标靠近。所以，每当看到“大刘”在“生活和思想上的变移，都引起了他的隐隐的不安和轻视。”而“他”对“大刘”的吸引，则是“长睫毛覆盖着一双锐利的大眼睛”“文雅而大方”的举止。让人从“锐利的大眼睛”中看到了某种“警觉性”与“不可塑性”，这便是“他”的出场。男女主人公同时来到革命队伍中，精神起点并不一样。

但是，延安这片“天地”，并没有给“他”多少施展才华的空间。与前线比较，只能让“他”感到相对的“自由而平静”，“至少不会受到嘲弄”，还能保有一定的自尊。可是，当客观环境发生了变化，要有一个新的选择时，他的个人价值目标与实现可能性的矛盾爆发了。

“组织上把我们分配到前线”，大刘“慨然同意了”，“他却默默无言。”“他”看到“我要当个女游击队员”激动的样子，

“眼睛斜视着我，睫毛微微翻动，”带着讥讽“我”的神情说：“你已经不是小孩子了。世界绝不是如你想象的那样光明。”前方，“没有知识分子的荣耀，会冲锋陷阵的，才是顶天立地的英雄。”女主人公“大刘”马上说：“我断定他这是懦怯和动摇，我骂他这是卑鄙的个人主义。”

“他”果真如“大刘”所说的懦怯和动摇吗？今天看来，非也。他内心有着极大矛盾，这矛盾就是他的人生价值与革命对“他”的要求的冲突。这种冲突起初是以“他”同女朋友的矛盾表现出来，他用感情的妥协弥补着。但是爱情毕竟不能替代他的价值认知。所以他只能自嘲：“我长的是一颗永远落后的脑袋！”“他”的错误就在于“一匹沙漠上的马，偏偏想到海洋的波浪上驰驱。”“他”觉得没有找到适合自己实现人生理想的疆场。

本来，知识分子面对“日本兵的野性的喊声”，在民族大义面前，可以也应该做出牺牲。既然已经上了前线，先做民族解放的战士，再做有个人价值追求的知识分子也未尝不可。但是“他”为自己开脱的话让诗歌的内涵具有了另一重寓意。“他”对“大刘”说：“要我用服从和自我牺牲去换取光荣吗？在我看来，那不过是一场太严肃的胡闹。”这个“太严肃的胡闹”的说法是针对不当亡国奴，打击侵略者吗？显然不是！我想以诗人的思想水平，不会让一个知识分子将这么深重的历史灾难与责任指责为“胡闹”。再琢磨一下“他”前面的话：“你是这个时代的真正主人，你安于这个时代，跟它完全调和；我呢，我是属于另外一个时代的人，在这个世界里无非是行商和过客”。“我实在离不开你，但是，你和我之间有天壤之差”。

先不论诗人主观地想说些什么，显然，他所要揭示的矛盾，与其说是在民族大义面前的是非，不如说是男主人公与所在的革命队伍内部秩序的矛盾。我以为，把“反扫荡”当做男主人公与革命冲突的背景，是诗人故意简化了的矛盾环境。那么“他”所指的背景到底是什么呢？正如“他”最后所说：“我怕那无尽的革命和斗争的日子”因为那是“对于我一段没有目的的旅途。”“我有的只是一点对于痛苦的恐怖。我怕在突围中被乱枪打死。”“那无尽的革命和斗争的日子”，难道仅仅是指杀敌的战场？当然不是，主人公参加革命后的主要经历都在延安。难道是指与胡宗南的周旋？显然也不是。历史事实告诉我们，是指革命队伍把自己的人当敌人来斗争的日子。从延安出来的人，怎能忘记“抢救”运动？在延安“抢救”运动中，诗人郭小川夫妇同时被打成特务。同样像白纸一样单纯的郭小川的新婚妻子被当成特务关押了两年半。《山谷》中的“他”还让我想到郭小川的同事王实味。王实味在延安，一度找到了自己的位置——在中央研究院翻译经典理论著作，又在“轻骑兵”墙报上发表过自己对延安生活的看法和批评。结局怎样呢？王实味没有体会到民主自由天地的“自由”。这个天地把他当做敌人关押起来，又进一步把他当做转移的累赘杀害了。

诗人借男主人公之口想表白“他”卑劣的个人主义的人生观——“所以我才向革命索取对于我的酬劳。我当然也可以支付我的一切，但那仅仅是为了我个人的需要，只有先给我的欲望以满足，我才肯去把英雄的业绩创造”。通篇细读“他”的心理与意志的表白，就会发现：这种有意丑化男主人公的言词，如同一个刻意的、别扭的拼贴，并不自然。联系男主人公自杀前心灵剖白的真实所指，才能体会到这个形象给我们带来的震动。这震动应该是革命年代“另类”灵魂的呼叫。“他”说：“我也不愿去当革命的叛徒，因为，那对于我跟革命一样没有意义。”“他”不会去当叛徒，这对于实现“他”的人生价值、文化人格，是大节问题。在这里，“他”强调的仍是自己的人格价值。

他最后的自杀出于“痛苦的恐怖”，但这种恐怖是“怕在突围中被乱枪打死”吗？不全是！作为有着明确个人理想和奋斗目标的人，用胆小、怯懦、软弱、利己主义概括，就太简单化了。自杀的举动，让我们看到他内心的坚硬，这种坚硬取决他人生与人格价值观的强硬。

《山谷》中“他”的自杀；理论家王实味的被杀；作家萧军当年一气之下离开延安到边远处种地；都让人越发感觉郭小川笔下的男主人公都是胆小、懦弱、私心过重之辈。道不同，不相与谋。“他”在革命队伍中没有找到自己的“道”，“他”知道在对立的另一方政治势力中，仍不会有“同道”。绝望之中，自杀是“他”认定的最好的选择。

作为有着独立意志和人格准则的知识分子，他们可以是革命时代的同路人——这些知识分子有可能把参与政党组织视为实现个人理想的途径，追求理想目标。但是，革命时代，是否允许知识分子以同路人的身份存在，发挥自己的“治世才能”，这恐怕是那个年代不容选择的问题。尤其当一个政党否定知识分子是一个独立的社会阶层，将其视为“皮毛关系”中的依附者；同时，党又握有不容争议的绝对权力，那么，坚持“自由之思想、独立之人格”的知识分子，感到窒息便不奇怪了。正如洪子诚先生所说：“《山谷》是对一个坚持‘个人主义’的革命‘叛徒’的谴责，它表达了这样的个人生活的政治伦理原则：个体的生命要完全地融入‘无限’的历史之中，从而获得与历史相通的灿烂人生。”郭小川确实是想表达这样的革命伦理价值。

在苏俄文学传统中，以“同路人”为文学作品的主角并不鲜见，但在新中国成立以后的文学创作中，却没有先例。可贵的是，有探索精神的诗人郭小川不但把革命的同路人当成主角来写，而且在刻意批判的同时又流露出几分理解与同情，使这个形象平添了丰富性。郭小川在后来的检查中说：“在写《深深的山谷》时，对知识分子的情调表现了同情……”当时，这样创作是相当冒险、出格的举动。好在这首诗发表后，除了受到臧克家温和的批评外，没有引来上纲上线的批判，给了郭小川继续探索的胆量，他又接着写了一首以革命队伍内部冤假错案为背景的叙事诗——《一个和八个》，触到了那个时代的高压线。终于，在1959年中国作家协会党组召开的党员干部扩大会议上，对郭小川进行了七轮批判。“文革”中，郭小川对人说：“我写《一个和八个》是没有经验，不知还有些题材是根本不能动的。”他自己划了一个界限：《白雪的赞歌》不能写了，《深深的山谷》不能写了，《一个和八个》再也不写了，写了要出问题。从文学史的角度看，幸亏郭小川在1956年经验不足，否则，不但《深深的山谷》没有出生的机会，《一个和八个》连锁在抽屉里的机会都没有了。

2010年

王小波的生前身后

王小波的粉丝大约有多少？我说不上来。我在高校教当代文学，每年上课前问及中文系三年级的学生：说一说你所知道的当代作家作品，寥寥数不上十个，却都知道王小波。现在，仍有热爱着、研究着王小波的网站和学习效仿王小波的作者，他们结集出版的书名是《王小波的门下走狗》。

王小波的文集与全集都已经出版，其他名目的选本，还在编辑出版。

有人组织过“重走小波路”的活动，二十多人从全国各地赶到云南集合。参加活动的都想真切地了解、认识王小波。

王小波已于 1997 年 4 月去世，他和他的文字为什么还有如此的号召力？

《黄金时代》及其他

王小波说，插队的时候，他遇到了一个很坏的“家伙”，是他的领导，他就编了一个故事，描写他从尾骨开始一寸一寸变成了一条驴，并且把它写出来，以泄心头之愤。后来读了一些书，发现卡夫卡也写了类似的故事，搞得他很不好意思。王小波自幼就喜欢读小说，他说：“我自己对读小说有一种真正的爱好，这种爱好不可能由阅读其他类型的作品所满足。我自己也写小说，写得好时得到的乐趣，绝非任何其他的快乐可以替代。”

王小波的杂文也写得很漂亮，在思想文化领域影响很大。但他说，自己身上总有一股要写小说的危险情绪。可见他是从骨子里热爱着文学，热爱写小说。

他说，“《黄金时代》一篇，从二十岁时就开始写，到将近四十岁时才完篇。其间很多次重写。”在美国匹兹堡大学，他受到著名史学家许倬云教授的指点。后来，许先生把他的小说《黄金时代》推荐给台湾《联合报》发表，并得了大奖。许倬云是这样回忆的：王小波是跟着李银河去匹兹堡大学陪读的，他在中文系选课，那里的课都是教洋娃娃说“你好吗？”“火车站在哪里？”之类，对他没用。他来找我，我建议他，不必随班上课，不如找我聊天好了，注册为“个别指导”。王小波用讽刺、嬉笑怒骂的笔调写严肃的问题。对问题本身的思考方式，是我帮了他忙。我也跟他说，你的文字写得太松、太浪费，要练字练句，他听我的话。他起初不服气，我就把他的文章改给他看，说这些都是浪费的，一句就够了。他服帖了。文章要干干净净。他的文章中不少以下乡当知青的经历为背景，这是最后一个伤痕文学。伤痕文学很多，但是留下来的很少，他的留下来了。后来，王小波有篇文章，我看不错，就推荐到《联合报》，得了奖。第三年，他得了《联合报》中篇小说奖，两个奖加起来当时是台币二十几万，在大陆是四五万人民币，颇能派上用场，他就不用工作了。这对他后来的写作很有帮助，他是较早用电脑写文章的人。

《黄金时代》1992 年 3 月先由香港繁荣出版社出版，出版商出于市场考虑，给书重起了个名叫《王二风流史》，且收入“风月系列”。王小波对此非常恼火。决定以后宁冒不畅销的风险，也不能改名。我最初阅读的就是《王二风流史》这个版本。港人之恶俗，没有损坏我阅读后的兴奋。如此精练、幽默、风趣的文字；如此深刻的时代政治文化的讽刺，是大陆文学中从来没有的。最早阅读这个版本的丁东也说：“像《黄金时代》这样既有先锋性，又有可读性；既让人哭笑不得，又让人掩卷长思的杰作，还真不多见。他预感着王小波要“横空出世”。

《黄金时代》先是在台湾《联合报》连载。1992年8月，由台湾联经出版事业公司出版，恢复了原来的名字。在这个版本中，刊有台湾《联合报》组织的评奖过程和“决审意见”。意见说，评审委员会收到中篇50篇，进入决议5篇。票选结果由《黄金时代》与另一篇并列为中篇小说奖得主。评委们都表达了评选的理由。一致认为文字最好的是《黄金时代》。说明他们评选的认真。

最读初到《黄金时代》的大陆作家刘心武说：“王小波的语言仿佛磁石般吸引住了我，一种阅读快感与惊诧跃动在我的心中。……《黄》不是一般的好。太好了。写下这些文字时，作者心灵中只有纯粹的文学思维，只对文学负责。”

哲学教授何怀宏说：“读《黄金时代》，首先吸引我的是其中的逻辑。王二插队那地方的队长说王二打瞎了他家母狗的左眼，王二若想证明他的清白无辜，只有以下三个途径：一、队长家没有一只母狗；二、或者该母狗天生没有左眼；三、王二是无手之人，不能持枪射击。不巧这三条一条也不能成立。王二知道是谁打瞎的，但他不能出卖朋友。然后，又有传闻，说王二与另一个队的医生、丈夫坐牢的陈清扬搞破鞋，要证明他们无辜，只有证明以下两点：一、陈清扬是处女；二、王二是天阉之人，没有性交能力。不幸这两点又难以证明。这大致就是《黄金时代》的辩伪逻辑……比如说你‘反动’，说你是‘坏人’……你必须证明你根本不会动，你根本不是人才行……王二也有自己的办法：一天他借了朋友的气枪上山，看见了队长家的母狗，就射出一颗子弹打瞎了它的右眼，这条狗既无左眼，又无右眼，也就不能跑回去让队长看见了——天知道它跑到哪儿去了。”“王二后来出息了，还写了篇哲学论文，他举出下面两个推论：一、凡人都要死。皇帝是人，皇帝也会死。二、凡人都要死。皇帝是人，皇帝万岁！这两种说法王二都接受。他认为在他所在的世界上存在着两个体系：一个来自存在本身，一个来自生存的必要。”

研究王小波作品最多的艾晓明教授说：“我一直希望当代中国的文学中有这样的小说，它能在智力上启发我的智慧，在语言上给我快乐和美感，它延展记忆和想象，比起世界上享有盛誉的小说毫不逊色……我当然知道，像我这样的读者，不仅不在少数，而且，至少有成千上万之多。”

作为作家的王小波在中国实在是个另类。自白话文时代的到来，在他之前还没有一人如他一样地写小说、写杂文。王小波也是个未来作家。艾晓明说，一百年以后，会有文学系新生，看到王小波的书，说：“有趣！真的可乐。那个世纪还从来没有一部作品让我如此开心。”我的同事张卫民眼光很刁钻，初读了王小波的《黄金时代》，见面就对王小波说：“你的小说可以传世。”

出书的艰难

看过王小波作品的人，无论是更喜欢他的小说或更喜欢他的杂文，都不否认他是一个别开生面的写作者。有人称之为“文坛外高手”。但没想到他的书在大陆出版非常艰难。

1993 年，以《黄金时代》命名的小说集送到一家出版公司。编辑在他的审读报告中说：“《黄金时代》像云南荒山老林里一首高亢不屈的情歌。”并对其中的王二系列提出自己的看法。这家公司为什么没有出此书，文章中没有说。

《黄金时代》曾经在戏剧出版社审稿。出版社聘请的外编陈琼芝老师对小说不能通过很遗憾，推荐给艾晓明阅读、评论并继续寻找出版社。艾晓明说：“我们共同经历了小波出书不顺的困境。我记得一个狂沙漫卷之夜，银河把小波的稿送到我家，由我第二天再交给一个出版社的人看。银河说因为小波喝醉了酒，所以她送来了。”

与此同时，丁东等人在山西，为王小波出书也有一番忙碌，他先是和山西的文学评论家陈坪讨论过一次，并整理成一篇对话体的评论，但这篇评论转了多处刊物，不但没有登出来，而且连原稿也不知何处去了。接着他向山西省作协主办的《黄河》推荐，希望将《黄金时代》在刊物上先发表。主编周山湖有过知青的经历，他看了《黄金时代》，由衷地喜欢，实在想发表，但面对其中独具一格的性描写又发了愁。加之，《黄河》刚刚遇到过麻烦，掂量再三，他还是决定忍痛割爱。但他心有未甘，用毛笔工工整整地给王小波写了一封信，高度评价他的小说，希望他能拿到后台更硬的刊物上去发表。丁东又把《黄金时代》给了北岳文艺出版社的编辑赵雪芹，他们很想出，但总编通不过。后来他们还是争取出了小波的一本随笔集《思维的乐趣》，算是一种弥补吧。丁东继续向十月文艺出版社的编辑丁宁推荐。《十月》杂志的回答也是一样，小说很精彩，但现在不敢发。丁东又托上海的朋友李劼向《收获》推荐，他当时答应得很痛快，不知后来情况如何，反正再无下文。与此同时，很多认识或不认识的朋友也在为发表王小波的小说，在一个又一个编辑部之间徒劳无功地奔走游说。他们的热心之举没有任何功利性的动机，实在是觉得应该让国内的读者分享阅读的愉快，应该让过于浮躁的当代文坛感觉一下山外有山，天外有天。然而，一次又一次的努力都失败了。

1994 年，华夏出版社有胆有识的编辑赵洁平想尽办法，趁主编外出，在终审方面打了一个时间差，终于使《黄金时代》在国内出版了。但她受到严厉指责，心力交瘁，为出这本书还大病了一场。1997 年 5 月王小波的时代三部曲《黄金时代》《青铜时代》《白银时代》在花城出版社出版。这是因为王小波的去世，加快了出版周期。这其中一方面出于编者们对作家的敬意，一方面也认为以王小波为主导的“市场”将要开启。

主流文学界对王小波一直没有多关注。真正对他小说评价较高的是学术界的一些批评家。有的针对海外版，有的针对手稿。有人提出：面对王小波的横空出世，主流文学界，不是睡着了，就是蒙了。主流与民间的感觉很不相同。

关于小说中的性描写

王小波小说在大陆出版艰难的一个理由是，性描写较多。

对这个问题怎么看？我想，还是个观念问题。首先，在王小波的身份中，他已经是个社会学家。他与妻子李银河合著的《他们的世界——中国男性同性恋现象研究》对性之于人性、之于人权的理解在国内已经非常前沿了；其次，王小波出国留学、阅读多年，对性、对性之于文学，完全有一套科学的、理性的理解。

我曾经就小说中的性描写与王小波有过交谈：

我说："你为什么将性描写得那么裸露？你也知道大陆读者连私下交谈都很少有，更难以接受对文学的直接阅读。所以出版方面不敢接受。毕竟不是生理卫生教科书。"

他说："人们认为最羞耻、最该隐讳的东西，恰恰是最不值得羞耻、隐讳的东西。真正的私情是每个人的情感，那是最个性化的、最该秘而不宣的东西。《黄金时代》里的真情，是陈清扬在检查中的表白。"

我说："劳伦斯的《查太莱夫人的情人》当初也被禁止出版好长时间，估计你的《黄金时代》也会是这样命运。"

他笑笑说："这就是观念问题。其实，性不需要任何理由，它存在着。两性关系应当和风一样自然。我就想把这个意思写出来。在我们的观念中，对性的态度往往成为一种道德评判标准，把性负面化。我不过说的是大家都明白的事。"

于是我明白了，王小波就是想用大家都明白的行为故事，揭示那个年代人们是如何在极不自然、极不自由、毫无人性可言的处境中活着。

1982 年，李银河去美国读书，小波也去了，银河一个人的奖学金两人用，李银河不让小波打工，也不让他多做家务，她说："我不忍心让那样一个智慧的头脑去干粗活。"她说，《黄金时代》就是那时构思的。如此想来，王小波一篇小说改来改去写了十年，难道不是为了一个十分郑重的立意？所以李银河说《黄金时代》是王小波的宠儿。

我觉得，王小波写小说，除了他的深深热爱，他还要用小说与人交流，并探索小说从思想观念到形式表达的无限可能。王小波说："在我写过的小说里《黄金时代》是最满意的，但是还没有达到我希望的水准，所以还要继续努力。"小波去世后，他的朋友张卫民说："文学失去了一个真正前卫、用健康、最后的生命去赌文学的先知先行。"

王小波的意义，小说家只是一个方面，自由思想家是另一个重要方面。他的杂文随笔是想用另一种机智、独特的方式张扬科学、理性、独立、自由、宽容的理念。王小波的杂文仍是空谷足音。

2010 年

记诗人闻捷

20世纪60年代初，我家搬到北京和平里，与闻捷是邻居。当我们两家刚刚熟悉起来，闻捷一家就搬到上海去了。我还记得，在楼门口的石阶上，我们两家的小伙伴曾惆怅地话别。

一年后，在报纸上看到闻捷的抒情诗《我思念北京》。因为有着对熟人的亲切感，所以读着那绚丽多彩、荡气回肠的诗句，真是又高兴又崇拜。不久，北京的中小学里都在热烈地朗诵着这首诗。以后，便是将印象中闻捷的笑容和对他艺术足迹的关注，重叠在了一起。

"文革"中，听说闻捷自杀了。无限的惋惜中，心中留下了谜似的块垒。直到最近，读了戴厚英的《性格 命运 我的故事》，才知道闻捷生前有那样一段悲惨而动人的情殇。

戴厚英是他最后的恋人。

闻捷曾描述自己："我是一个诗歌上的匠人，爱情上的痴人，政治上的庸人。”闻捷十五岁加入共产党。十六岁被国民党逮捕，得到上级指示，集体“悔过”出狱。延安整风时，因“说不清楚”，丢掉了党籍。这段经历的阴影，在历次政治运动中一直伴随着他。闻捷说自己政治上是“庸人”，自嘲中包含着无奈。他是觉得自己政治前途充满荆棘，才转行投入文艺的。他那清新、欢愉的《天山牧歌》当然不能说是匠人所为；后来欢呼大跃进的《河西走廊行》，也不能说他没有天真的“媚俗”。可是，不这样写，还会不会保持当代“著名诗人”的桂冠呢？

其实，闻捷的诗人气质，在爱情中才得到更加充分的体现。戴厚英详细地记叙了她与闻捷恋爱的经过：一个先是受审查者，后来“解放”；一个先是群众办案组成员，后在“一打三反”时又被审查，也不知道他们是谁“腐蚀”了谁。人间自然、真诚、美好的感情，处处受到阻挠、践踏和摧残，因为那是一个一切都不属于自己的年代。当我看到工宣队故意不让闻捷与戴厚英从干校一块回上海休假，闻捷送戴上汽车后“两手蒙脸，偷偷哭泣”；看到闻捷在对他的批判会上说“我对小戴的感情已经到了不可收拾的地步，我不能没有她……”时，觉得闻捷真是个诗人！他终因不能忍受个人情感被污染，而绝然走上不归之路。

的确，一个人如果政治上的真诚不被信任；创作上的才华不能抵御媚俗；感情上又没有一处自由空间，还有什么存在的意义？生存还是死亡？面对这个古老的命题，诗人作了纯属诗人气质的选择。也许只有这种选择，才更能体现灵魂对邪恶的抗争。

闻捷曾被誉为中国的伊萨柯夫斯基（《喀秋沙》的作者）。但在人们的印象中，他不如伊氏生活得幸运。从蓝英年先生的文章中知道伊氏晚年因不愿再写神圣的谎言，又无力追求艰难的真理，也陷入生命意义的两难境地。与伊氏相比，倒是闻捷晚年不得爱，勿宁死，更显出生命的永恒光彩。

戴厚英这本书是写她自己四十年来的人生经历。她反思着自己性格、思想的成熟历程，并将其放在对中国当代历史的反思之中。在她之前，回忆当代历史的文字并不少，却多被流行的观念所过滤，受已然的价值判断制约，距离生活的原貌已经很远，所以，读到戴厚英这样的当事人以亲身经历谈对那段历史的认识和感受，还是耳目为之一新的。

1993 年

阅读悸动

天才需要什么样的土壤

——《束星北档案》随想

在阅读《束星北档案》(作家出版社2005年版) 之前，我没有听说过束星北这个名字。我太孤陋寡闻了。这本书给我带来的震动，不亚于当年阅读《陈寅恪的最后二十年》。

一

天赋之高，束星北在中国科学界当属凤毛麟角；性格之强，束星北在中国知识界也无出其右。

束星北早年考进堪萨斯州拜克大学物理系，又入加州大学学习物理。他的人生选择是非常认真的。革命时代，他也曾激情澎湃过，加入美国共产党，到苏联考察；但走了十几个国家后，他确定了自己的位置和方向，到英国爱丁堡大学随世界著名理论物理学家惠特克和达尔文学习基础物理与数学。仅一年时间，他以《论数学物理的基础》一文获得爱丁堡大学硕士学位。1930 年 2 月，由惠特克和达尔文的引荐，他又到剑桥大学师从著名理论天体物理学家爱丁顿博士（爱丁顿利用全日食验证了爱因斯坦的广义相对论，爱因斯坦的地位才从此确定下来）。束星北参与了爱丁顿对狄拉克方程全过程的推导，而这个方程被物理学界称为：用最简练的文字概括出一幅最美丽的世界图画方程。1930 年 8 月，已渐显才华的束星北被推荐到美国麻省理工学院做研究生和数学助教，师从著名数学家斯特罗克教授。1931 年 5 月他以《超复数系统及其在几何中应用的初步研究》获麻省理工学院的理学硕士学位。这时他已经走到学术前沿，时年二十五岁。

1931 年 9 月束星北回国结婚，再没有能出去。如果他不回来，得诺贝尔奖也未可知。

当然，束星北在祖国故土，也有一段属于他的阳光灿烂的日子。

竺可桢主持浙江大学时，聘了很多国内一流的教授、数学家：苏步青、陈建功、钱宝琮；物理学家：王淦昌、束星北、卢鹤绂、王谟显、何增禄、朱福炘；生物、植物学家：贝时璋、罗宗洛、张其楷等。1944 年，李约瑟到抗战时遵义湄潭的浙江大学访问，将该校誉为“东方剑桥”。这些科学家的研究已经处于国际科学前沿。其中束星北、王淦昌等人的五篇论文给李约瑟留下很深印象，他带回英国，在《自然》杂志上发表。

他的学生许良英说，束星北讲课，既不用讲义也不指定参考书，黑板上也没有可供学生抄录的工整提纲。他是用质朴生动的语言从大家所熟知的现象，来阐明物理理论和思想。束星北讲课的最大特点是："以启发、引人沉思的方式，着重、深入地讲透基本物理概念和基本原理，使学生能融会贯通地理解整个理论框架。"书中介绍了束星北不同时期的学生上课的感受：束星北讲课能把学生带到神秘的宇宙穹窿中，是那样辉煌。包括他与王淦昌在学术报告会上真枪实弹地争论，都给学生们留下了深刻印象。以至于和李政道一样，不少学生因为听了他的一两节课，就改变了自己的专业方向。竺可桢时代，浙江大学群星璀璨，束星北是当时公认的最为杰出的代表。他的学生程开甲院士（中国第一颗原子弹研制开拓者之一、中国核武器试验事业的创始人之一）认为：那个时代，像束星北这样集才华、天赋、激情于一身的教育家、科学家，在科学界是罕见的。

这时才知道，束星北与王淦昌已经成为那个时代的理论物理与实验物理学的大师，同时，他们也造就了一大批日后享誉世界的一流人才：吴健雄、李政道。1937 年世界物理学家玻尔受竺可桢之邀，到浙江大学作学术报告。玻尔回国后不断有中国的师生写信向他请教如何学物理、如何出国深造。玻尔说，你们有束星北、王淦昌这么好的物理学家，为什么还要跑到外边学习物理呢?

但是束星北治学太认真，认真到一点不给他人留情面。在学术报告会上，无论主讲人名气有多大、学问有多深，一旦发现束星北在下面坐着，就禁不住心惊胆战。他常常会提出很多问题，让报告人招架不住。因为他从国外不仅仅学到了科学理论，也学到了科学研究的方法，他的导师爱丁顿博士就是一个喜欢争论，欣赏争吵的人。

他的学生、同事认为他身上有一种霸气。50 年代初，也是英国物理学博士王竹溪教授（杨振宁在西南联大时的老师）到山东大学讲学，讲座中途，束星北走到讲台上说："我有必要打断一下，因为我认为王先生的报告错误百出，他没有搞懂热力学的本质。"他捏起粉笔一边在王先生写满黑板的公式和概念上打叉，一边解释错在哪里，一口气讲了大约四十分钟。王竹溪一直尴尬地站在一边。校领导为此找束星北谈话，束星北说，过去大学都是这么做的。

束星北眼中"过去的大学"，当然是 20 世纪上半叶的中国大学，是竺可桢时代的大学。那时的大学，能包涵像束星北这种个性鲜明、棱角锋利的人，使他黑白分明、刚直不阿、心口一致，见不得不公与黑暗的品质，在那个社会也有生存的空间。比如，他不支持学生政治运动，但学生被国民党当局杀害，他第一个起来号召浙江大学全体教授罢教，抗议杀害学生。40年代，当学校总务主任在设备材料上设障刁难时，他竟然能出手打肿总务主任的脸。

他的正直，源于自己的判断。他不愿参与政治和政党打交道。但抗战时，受爱国心驱使，他一度放弃自己的课题，研究军工，如无人驾驶飞机、无人驾驶舰艇和激光、雷达等武器。抗战后，又拒绝国民党迫他入党的要挟，让学生将已安装好的雷达再拆卸，遭遇到囚禁。他说："我不认为，除了革命的就是反革命的，在革命和不革命之外，还有另外一条路，第三条道路。"在1950年浙江大学的思想改造运动中，因为苏步青教授受到污辱，束星北气愤之极，把节约委员会主任像揪小鸡似的揪起来，一拳打过去，大骂："你知道苏步青是什么人吗？你们算什么东西？"结果苏步青解脱了，他却因殴打革命干部、抗拒运动，成为浙江大学斗争批判的罪魁。当有人诬陷他有经济问题时，他写挑战书，让对方向自己道歉或公开辩论。镇反时，他的学生被捕，别人不敢说话，他又为自己的学生鸣冤叫屈。宁可伤及自己，也要救人于难。以致他的仗义成为"肃反"扩大化时人们的SOS呼救信号。这时，他还没有意识到应该收敛他的个性棱角。

二

但是，一个具有刚性人格的人，遭遇到了一个刚性更强的体制。

1952 年院系调整时，如果束星北接受王淦昌的邀请到中国科学院搞研究，在那个科学家成堆的地方，他也许不那么扎眼；或者说，在科学研究气氛浓一些的地方，他能逃过一些劫难？1957 年，张劲夫冒险进谏，使中科院一批海外归来的自然科学家没有被打成右派。对束星北来说，科学院那地方也不容乐观。束星北之所以没有去，是觉得中国科学院有些人属于“政治学者”，非科学家气质多一些，让他看着不舒服。以他的个性看，束星北在科学院也许不会在保护之内。1952 年他选择了在山东大学任教。此时的山大也不是文科有老舍、洪深、沈从文、游国恩；理科有黄际遇、任之恭、童第周的“过去的学校”——老山东大学了。

很快，束星北在山东大学“肃反”运动中被定为历史反革命分子，一度被停职反省。尽管束星北在自己家大门上贴着他用毛笔书写的告示：“请勿进门。公民住宅不受侵犯——中华人民共和国宪法第 70 条。”也挡不住 1955 年的抄家搜查。他的全家人被赶到院子里，束星北手里拿着一本1954年颁布的《中华人民共和国宪法》摇动着。有什么用？这次抄家的收获是束星北自己安装的半导体收音机，作为他收听敌台的证据。

在山东大学，他遇到了有信念的共产党人华岗，华岗使他与生物学家童第周、教育学家吴有恒、文学家陆侃如、冯沅君有着同样好的教授待遇。但他，并不买账，一开始就与华岗的辩证唯物论干了起来。华岗认为辩证唯物论是一切科学的科学，束星北不认为那是科学，充其量也就是哲学之一种。尽管如此，华岗还是对他关照有加，直到华岗成为“胡风集团”成员入狱。

50年代初在山东大学，束星北还反对“一边倒”学苏联；你们教辩证唯物主义，我就教牛顿、爱因斯坦。对好好学习的学生耐心有加，工农干部学员王景明就是听了他的课，感觉如梦初醒，进入了一个令人神迷的世界；对热衷搞运动的学生，“笨蛋”“草包”“狗屁不通”，难听的话他也是说得出来的。结局是，不让他上讲台讲课了。

他不得已改行研究气象学，一年多时间发了十几篇气象学方面的论文，小试牛刀，就引起气象学界的轰动。他不是天才是什么呢？

“肃反”，束星北被定为反革命分子、重点斗争对象。1956年“小阳春”时有个纠正，他认真研究宪法，以《用生命维护宪法尊严》为题发言，建议“对受冤的速予平反”，听众在下面鼓掌二十多次。1957 年就成了翻案，当了“极右分子”。工资降到只给二十元生活费，而他妻子无工作，还有七个孩子。1958 年定为反革命分子管制三年，编入劳改大军修水库。饥饿的年代，他一直在工地的死亡线上挣扎。

1960 年秋，水库工程结束，他被调到青岛医学院接受改造，打扫教学楼的厕所，清洗实验室的器皿，有时还被遣到太平间制作尸体标本。后来，因为修好了医学院从丹麦引进的脑电图仪，待遇才有所好转，又能上一点专业课了。

60 年代，感到中国有核试验的迹象，他希望参加到这个队伍中。他想到摘帽，便顽强地“改造”，无望。“文革”了，继续刷茅房。自觉地刷，创造性地刷。同时修遍了山东省地方和部队所有的大中型医院的设备：X 光机、心电图仪、脑电图仪、超声波、同位素扫描仪、冰箱、保温箱、电子兴奋器、电子生理麻醉仪、胃镜、比色计等，无法计算。然而，这一切都换不来他想用一个物理学家的实力报效祖国的机会。

1972 年李政道回国，周恩来希望李政道能为中国科学界“断层”问题做些工作，如介绍海外学者到中国讲学。李政道说，中国有人才，只是你们没有使用他们，比如我的老师束星北。虽然李政道想见自己的老师未能如愿，但给束星北的待遇带来了转机。

三

束星北又拿起了教鞭，他还是从前的教授吗？

他的老友同事发现，他的优秀品质保存完好；他的“坏脾气”也未从根本上改动。仍然羞辱学生“猪脑子”“狗屁不通”；仍然对行政人员咆哮发怒。他再无所旁顾，一心要抓紧时间著述。但是他的家人看到，半夜里他的灵感来了，似睡非睡中写下的东西，却是检讨与自我批判。这时他的人格已经无奈地分裂。表面上他还是那么的“顽固”，通过发泄想挣断过去对他的摧残，想不到二十多年的“改造”已经渗入神经骨髓，他无法走出阴影。

1979年，中国第一枚洲际导弹需要计算弹头数据舱的接收和打捞最佳时限。有人推荐了束星北。上面为此拨款一百万元，束星北分文没要，一支笔，一摞纸，准确无误完成任务。当年他七十三岁。航天学界轰动一时。天才还是天才！

1983年束星北去世。去世前，他把自己的遗体捐献给青岛医学院。他说，他多年患慢性气管炎和肺气肿，一直注射肾上腺素，但血压、心脏却一直正常，可以解剖他的尸体研究；他称自己的大脑超乎寻常的聪明好用，连他自己都奇怪，七十多岁，脑袋却还和二三十岁一样清晰，活力无限，他让解剖他的大脑，希望对医学提供最后的贡献。但是他去世时，正赶上青岛医学院大换班子，他的遗体被遗忘了。半年之后想起来，尸体已经腐烂。本来还说要将他的骨骼做成标本供教学用，结果让两个学生草草埋葬在学校篮球场旁边的双杠下面。

作者刘海军说："如果把束星北与王淦昌作个对比的话，我们会发现同为科学家，王淦昌几乎获得了完美的人生：提出了《关于探测中微子的建议》、发现反西格马负超子、研制原子弹氢弹、率导核能特别是核聚变能的研制与发展……从这一串科学经历看，王淦昌始终站在世界前沿科学的制高点上。对一个科学家来说，还有比拥有如此丰富的科学经历更为饱满的人生吗？"可是束星北，在他命运的颠踬与缝隙中虽说也出了些成果，但在他看来，却是些"雕虫小技"。

同样的才学智慧，在相同的土壤下，有着不同的命运，决定的因素恐怕就是性格了。这时说"性格即命运"似乎更有道理。可是，纵观人类杰出的科学家、艺术家，但凡才气逼人，往往性格与众不同。才气与性格如同利剑的双刃，怎么可能钝其一面而锋其另一面？最近看 2005 年 2 月 23 日《中国青年报》"冰点·探索"周刊一篇文章："与诺贝尔奖得主共事"，其中写到：几乎所有认识美国哥伦比亚大学生物神经学家理查德·阿克塞的人都能感觉到他那超人的智力。但他的古怪也是出了名的。……他每天穿过走廊冲着人们大叫“数据？有数据吗？”有时他会盯着你问：“难道你没有什么有意思的事情要告诉我吗？”“他从不注意社交礼节。他不会放过任何一个奚落、嘲笑和贬低别人的机会。他经常会在和别人交谈时陷入沉思，然后毫无歉意地走开。他会对一些问题做出这样的回答：‘这是我所听到过的最愚蠢的想法’。”

这样的科学家为什么能最终获得为世界承认的成就？因为他可以自由地按照自己的方式生活和研究。说实在的，如果我成为他奚落、嘲笑的对象，我也会受不了。但是，你可以不喜欢他，却没有不让他自由存在的理由。

试想如果束星北能在同一片土地上与理查德·阿克塞比肩而为，岂能没有同样的辉煌？可惜，中年以后的束星北不能拥有这样一片土地。而在他所生活的土地上，至今也没有产生一个诺贝尔科学奖。一个实行法治、以保障个人权利为基点的社会，能充分发挥个人的才能，结果是成就了社会的发展；打着整体的旗号，扼杀了个性，最后被窒息的必将是社会本身。

所以，束星北是一条大河，30 年代在浙江大学是他澎湃的源头。但他没有了理查德脚下的土地，就只能一路而下，日趋萎缩干涸了。

2005 年

“伟大”的时代为什么没有伟大的作家？
——读郭小川的《检讨书》

几十年来，中国每个公职人员都有一份档案，经历越长，纸袋越厚，多是记载人们在历次政治运动中的表态和检讨。它让你的表态监督着你；让你的检讨像磨盘一般压着你；让你在精神上罪人一般地活着。“文革”结束后，在平反冤假错案时，大量干部档案里的黑材料被销毁，这对于人们的身心实在是极大的解放。

但是，当人们对历史的荒谬有了一种共识后，我倒觉得，那些属于过去的档案材料，是非常有保存价值的。它会让以后一代代人知道我们的历史是怎么走过来的。以往的史书，经过“当代人”的撰写与阐释，已经滤去了很多属于历史的真实和细节，就像现在新一代学者谈论“文化革命”，判断那时的人和事，总让人觉得与过来人的切肤感受隔着一层。那么最能还原历史真相的是什么？就是那些原始的档案材料。我们对前苏联的很多人和事件的重新认识，不都是来自于他们的解密档案吗？

最近，读了《检讨书——诗人郭小川在政治运动中的另类文字》一书，坚定了我的这种看法。尽管郭小川的女儿因发表这些几乎损毁了父亲全部尊严的文字，心情非常沉重，我还是觉得每一个读过此书的人都会受益匪浅。

这本书是著名诗人郭小川从1959年开始到“文革”中的大约十篇“检查交代”书（郭对自己的检查和别人对他的批判都有底稿和记录）。它让我清楚了有关文艺界运动中的很多历史细节。比如郭小川曾受命给“丁、陈反党”集团写定案结论，因他从群众反映的事实出发，所写的结论不符合当时权力中心的意图；又因他想调出作协，便招致严厉的批判和斗争，罪证之一就是同情“丁、陈反党集团”，从此开始了没完没了的检查，直到“文革”之中。从他的历次检讨中，我对“丁、陈反党集团”案从发动、甄别、到丁玲等人再次被打成“右派反党集团”过程中的疑点搞清楚了，因为郭小川的检讨依据自己的日记记载下了这一过程。

但最使我震惊的，还是我在这些检查中，看到了一个诗人因为想搞创作并努力进行艺术探索，所受到的百般的精神折磨。这种折磨不仅是对他的诗作的无理批判，更重要的是，他作为一个负有行政领导职务的干部，因念念不忘创作，而被指责为“丧失立场”“政治退步，个人主义膨胀”“和党闹独立性”。

郭小川在延安时代就开始写诗。1955 年他以激情澎湃的组诗《致青年公民》成为风云一时的政治抒情诗人。由于他的诗作，更由于他在批判胡风、批判丁玲等政治运动中鲜明的政治立场和态度，1956 年他从中宣部文艺处副处长任上被调到作家协会任秘书长。直到 1962 年他不堪忍受作家协会的精神酷刑，调到《人民日报》任记者。

《检讨书》中记载了文艺界党内对他组织的批判：

> 郭小川同志在作协四年期间，共写了一万余行诗，出了五本诗集和一本杂文集，但仍然叫嚷创作与工作矛盾，叫嚷不能合法地创作。他“轻政治，重业务”“花了很大精力去写东西”“开自留地”，究竟把主要精力放在哪里去了？小川的一本书主义，是受了胡风思想的感染，要成名成家，写呀写呀，就发展成了个人野心。而他所提出的“创作与工作的矛盾”实际就是“个人与党的矛盾”。

郭小川写于1957年的长诗《一个和八个》，曾拿给《人民文学》和《收获》，因嫌尖锐没能发表。他又给周扬，希望听听这个主管文艺领导的意见，一两个月后周扬说，没有看。郭小川决定先放放，若干年后再说。不想，被内部印出，展开批判。我曾经就郭小川的《望星空》和《一个和八个》等作品在1959年受批判的事情，向当年的党组成员、文艺报主编张光年先生请教。张先生说："反右斗争时，我们党组的几个人觉得郭小川作为秘书长很不积极，一心想创作，就想批评批评他。《一个和八个》当时觉得是反党情绪的发泄。但《一个和八个》没有公开发表，就在内部批判了。郭小川在1957年反右和1959年反右倾时也写过一些好作品，为了帮助他，我们专门选择了他的《望星空》来批评，并且是由我化名写的公开批评文章（大意）。"张先生意思是，这样一来，既批评了他的个人主义、消极的情绪、思想右倾，又不至于因《一个和八个》的严重性质整倒他。而据我所知《望星空》得以发表，也是因为要组织批判它。

郭小川说："我这个人历来是怕党内斗争的，人家攻击我，我都可以忍让，我历史上从来没有跟谁闹过不团结，也从来没有在我提议下发动什么原则斗争……”有丁玲的前车之鉴，他很害怕，就一次次地检查，但总不能过关。

下面我们来看郭小川的检讨，看他在行政干部与诗人的角色转换中如何痛苦地折磨与扭曲着自己。

郭小川说，他到作协工作不久，感到有些自卑，因为有人说：“作家协会的工作，让非作家来领导，简直是笑话。”郭小川觉得有些人看不起他。于是他想“最好是离开作协”；“不离开的话，为了搞好工作，也得搞创作。”“四年来，我搞创作不算不用功，不算不辛苦，为了搞创作和做创作上的准备，几乎用一半以上的星期天和每个没有工作的晚上。……到了我写出并发表了《深深的山谷》和《白雪的赞歌》以后，我在创作上的信心大为增长，我觉得我找到一条独特的创作道路，形成了自己的独特风格。我认为，只要按照这条道路再探索下去，我可能有很大的成就，换句话说，有成为大作家的希望了。”这有什么不对呢？但郭小川“认识到”：“现在看来，这是多么可笑的低级趣味！搞创作，难道只是为了使这些人心服这个渺小的目的吗？那时却是这么想的。……根本原因是成名成家的思想……”

这是郭小川的第一次检查。以后他数次检查仍然要提到他的个人主义的创作。一次次上纲，直到“文化革命”他的检查是这样写的：

> 丁玲她是一本书主义，我也是一本书主义；她是把个人置于党和群众之上，我也是；她是极端个人主义者，我实际也如此。她的《我在霞村的时候》的主角和我的《一个和八个》的主角简直差不多，都是不满足于党的审干和怀疑，作者的同情都寄托在他们身上。她的《莎菲女士日记》和我的《白雪的赞歌》也基本上相同，所描写的都是那种与集体事业不相容的人物。而作者的同情又都寄托在她们身上。最重要的还是目的一致，她要当大而又大的作家，我也如此。在这一点上，我怕她垮掉，也怕艾青、秦兆阳、康濯之流垮掉，因为他们的垮台，就预示着我的可能垮台；他们的存在和发展，就预示着我的存在和发展。

郭小川的检查到这时已经是强弩之末，他只有向早已经下马落荒的作家靠拢。正如他所说："虽然我不一定看得起他们，但我同他们的命运是相同的。"因为他们生存在一个相同的文艺体制中。

他的说法继续上纲：

> 一个被党和群众怀疑、被群众看成敌人的人，是非常痛苦的，但我却不去考虑自己犯了罪，或者自己有什么问题还没有交代清楚，更不去想这是阶级斗争所需要，也不去想像我这样的人的严重危害性，是为资本主义复辟制造舆论的罪人，是贩卖资产阶级的精神鸦片的贩子，是反革命修正主义的吹鼓手……我的毒草《一个和八个》就建立在这种思想基础之上，我原意就是要写一个遭受到在我看来世界上痛苦最深的人，也就是受党审查的人。要写他在这种情况下表现坚强，也就是抵触审查和对党不满的人。这就是我的灵魂大暴露。

让一个不是作家的人领导文艺不行，而念念不忘自己是作家、孜孜不倦地进行创作、不愿意把大部分精力都搞了那种整人的“事业”，也不行。这不能不让人反思，当时的体制，是一个能够孕育大作家大文学家的体制吗？有人提出，这个前所未有的伟大时代，为什么没有出现前所未有的大作家？通过郭小川这些违心的检查交代，我们可以真切地体会到，当时的文学自下而上在什么样的气候和土壤之中。

这些属于档案一类的检查，就像一面镜子折射着那个让普通人扭曲，也让作家扭曲的时代。它们会有损于个人的声誉吗？不！正是它们能让我们看到在一定历史格局中，人的心灵和人格真实的一面。

2002 年

日记与传记

——读傅国涌的《叶公超传》

最近，与何方老先生做口述史，他屡屡谈起一些回忆录的不可信。即使那些权威出版社出的回忆录，也常有禁不住档案检验的地方。往往同一件事，两三个人回忆，就有两三种说法。谢泳说，回忆录不如日记、书信可靠，诚哉斯言。最近读傅国涌新出版的《叶公超传》（河南人民出版社），对此更有深切的体味。

现代文学史中，新月派有两个人，对于我来说一直是个谜：一是罗隆基，一是叶公超。罗隆基是搞政治学的，怎么成了新月成员呢？叶公超是一位诗人、一位外文教授，怎么就从政当了国民政府的外交部长了呢？以前，有关他们的资料在大陆是很难查阅的；政治环境也让研究者们极少涉及。这些年谢泳等人的研究让我了解了罗隆基“新月”以来的思想主张；章诒和的描述，更让我了解了罗隆基一以贯之的政治追求。拿到傅国涌的《叶公超传》，一口气读完，也解开了我心中对叶公超的很多迷惑。

叶公超生前一不写日记，二不收集照片。这就给今天对他的研究工作带来不小的难度。这些年虽然有叶公超的妹妹叶崇德主编的《回忆叶公超》、陈子善主编的《叶公超批评文集》和一些零星文章，但大陆出版他的作品及介绍文字还是十分有限，对于传记作者来说，可参考的资料是远远不够的。傅国涌可说是另辟蹊径，他的《叶公超传》是借助大量他人的日记、书信及回忆文章完成的。

日记，往往是作者当天记，至迟是几天内的补记，最为真实可靠。当然，也不排除出版时有后人的删节，这也是当今中国出版界的一种特色。书信是最直接的陈述表白，没有必要去为什么人讳，否则可以不写，不交流。回忆文章可以在同一件事的叙述比较中判断出真伪程度。

“叶公超自己不写日记，却在胡适、吴宓、朱自清、浦江清、王世杰、柳无忌、周作人等日记中留下了他生命的踪迹。”他又有十四年的教授生涯，自然桃李芬芳。从很多人的文章、日记、书信中筛选着叶公超的生活印迹，将其连缀成他的人生轮廓，传达着那个时代的政治文化信息，勾勒着他所走过的路，真是可以感受到阅读的新鲜与可信。

这本书先是根据众多人的回忆构成了叶公超的生平大要。他的家世，他的求学，他的教授生涯，他的“新月”篇章，他的弃文从政等等。他做人的矛盾性：不想与闻政治，却在国难当头从了政；不喜欢鲁迅的为人，却深赞鲁迅的杂文； 深负使命劝说周作人南下，对周的附逆之举，却没有对老朋友的率直与言说无忌。矛盾的世事，可窥视他矛盾的人生一斑。

我更喜欢书的“下篇”：叶公超与很多文化人的交往。“叶公超与徐志摩”“叶公超与闻一多”“叶公超与朱自清”“叶公超与吴宓”“叶公超与周作人”“叶公超与胡适”“叶公超与傅斯年、梅贻琦、蒋梦麟、王世杰”，从中可以多侧面地了解叶公超的做人、做事与为文。尤其喜欢“叶公超与吴宓”一节。大家都知道，胡适与吴宓的日记是保存下来最多的。而吴宓因为曾与叶公超同在清华教书，比邻而居；吴又一度在叶家搭伙吃饭，天天相见，形同家人，自然日记中留下叶公超的生活之迹最密集。这种密集，有友人间诉说婚恋的心曲，同事间商讨教学上的麻烦事，朋友间互请吃饭，叶与吴同各路朋友拜望与交谈等等。

比如，依据吴宓日记的描述：

“因学生吴纳孙屡次无理取闹，吴宓精神苦恼，3 月 26 日早晨，他写信给外文系主任叶公超和教务长，请求他们劝告这个学生下学期退选吴宓的《欧洲文学史》，否则他不能上课。”“3 月 29 日早晨叶公超来，和吴宓一起到中文系主任室，谈吴纳孙的事，决定暂置不究。下午他陪叶公超进城，叶请他在平津美的食堂吃晚餐，有面有肉。”

“7 月 15 日 11 点，吴宓见了叶公超，‘殊为郁愤’。因为他准备迁居昆华师范楼上和叶公超、金岳霖住在一起。而叶非得要自己搬走后，才允许他搬进。吴宓在日记中发牢骚，说叶公超‘近年益习于贪鄙好利’，叶曾托他代为搜求三十个汽油箱(已找到十个)，以供家用，而愿以一副上好的铺板给他作为酬谢。论价值，远不能相抵。”

“7 月 17 日，吴宓为一学生投考转学的事去外文系见叶公超，陪叶办事见客。有人到地坛办公，因路泥泞，被马踩伤了脚，在他们面前哭泣。吴宓觉得很可怜。而叶公超说：‘我见女人哭泣，我愈心硬’。”

“27 日，与超同室，寝前读词。夜雨。谈词。28 日吴宓‘疟发’，叶公超帮他盖上鸭绒被。29 日叶公超搬出，王竹溪搬入。”

而后，还有吴宓与叶公超妻子、孩子们的交往，“为超夫人购物”“与叶炜嬉戏”。叶从政不归，吴继续在叶家搭伙吃饭，关照叶的家人并为叶公超办了很多后续之事等等。

这种密集的交往与记载，又恰恰对一些小事的不曾忽略，让你看到吴宓为人办事的认真笃厚，叶公超为人处事的洒脱与狡黠。这些都是一般文学史教科书所忽略的。

傅国涌也常常用不同人的眼光，折射着叶公超的才华、性情与风度气质。

说到叶公超讲课，他引辛笛的文章："在叶公超的'英美现代诗'课上我接触到艾略特、叶芝、霍普金斯等人的诗作。叶公超旁征博引，侃侃而谈，我们忘了下课铃声。""他天分聪颖过人，兼以学贯中西"。又引他的学生许振德的说法："他讲授时只讲大意，从不逐字讲解，课文中遇到少见而重要的生词，则反复阐述。"再引同是他的学生季羡林的话："公超先生的教学法非常奇特，他几乎不讲解，一上课，就让坐在前排的学生由左到右，依次朗读原文，到了一定的段落，他大声一喊：'Stop！'——有人偶尔提一个问题，他断喝一声'查字典去！'这一声狮子吼有大威力，从此天下太平，宇域宁静，相安无事，转瞬过了一年。"季羡林看法也有变，他的《清华园日记》中，也有"说到学问，公超先生是有一肚皮的。他人很聪明，英文非常好"的说法。

说到叶公超的为人，"也有人批评他喜怒无常，说他'一天的脾气有四季，春夏秋冬，你拿不准去见他时会遇到哪一季，全凭运气，可能早上去看好好的，下午就被骂了出来。’曾在外交部工作过的沈剑虹说，他有时，见面非常亲热，有说有笑，他有时视若无睹，一言不发，好像根本不认识似的。沈以为‘他这种情绪不稳定，可能与家庭生活不正常多少有些关系’。”

就是这些日记、书信、文章中的点点滴滴，使我们看到的叶公超身为诗人，身为教授，身为官宦，一方面有着永远不变的个性，一方面又有着不为人了解的多侧面。

有了这些思想、气质、个性之痕，生命的印迹岂不清晰？

细细想来，我们通常阅读的传记人物与傅国涌笔下的叶公超是有些不同，前者正负面的经纬，似是写前就已经梳理好了的，人物基本的人格气象，是作者给定的。而大量用他人的日记去描述一个人，日记的零碎性、偶然性、主人的情绪性，能使记载下的人物行为与人格特征更为日常化，人物于生活的际遇中更为复杂化，因而也就混沌起来。有时恰恰是这种浑沌，相当真实地体现出传主的人生世界。

当然，这种据实的记载，有零碎的一面，也有粗略的一面，却因无材料去细补、去丰厚，而留下耐人寻味的空白。作者宁愿不做想象和揣磨，这是失，更是得。

2004 年

筱敏的《女神之名》

《两个女性》

为了采访戴煌，把他写的《胡耀邦与平反冤假错案》重读了一遍。其中让人唏嘘不已的故事太多了，但更让我刻骨铭心的，还是江西李九莲的故事。

后来，读到筱敏新出的一本散文集《女神之名》（花城出版社），其中有一篇文章《两个女性》，又说到李九莲。不过，她的着眼点已经不只是介绍这个惨烈的故事，而是表达更为深长的思考，读后引起我许久的不平静。

筱敏这篇文章，谈论了两个女性。一个是阿尔及利亚的记者玛莉卡·布苏。她遭恐怖主义追杀，已经不能在一间房子里住上三天。当三十三位记者遭到恐怖主义杀害后，她仍然表示：她和同志们“决不放弃新闻之家。这是不屈服于恐怖主义分子的最后一块阵地，也是为了从政府中拯救受害者而不能撤离的最后一个地盘。政府把独立派记者视为头号敌人，它无法封住他们的口，因而对他们的失踪持怂恿态度。”筱敏最后写到一个情景：“那是一个早晨，一个普通的将动身前往她工作室的早晨，有几秒钟的时间，她想了一个极普通的属于女性的问题：‘穿裙子吧……不，还是穿短裤好。万一我中弹倒下，风不会吹刮起什么。我可不愿意人家来收尸时，我的大腿暴露在光天化日之下……’”筱敏说，读到这里，她骤然感到一种极深的战栗。我读她的文章到这里，也一样的战栗。为了自由的意志而牺牲正常生活的人让人感到庄严和敬重。那么一个女性在严酷生活面前对美的冀望和流连，给人的感觉是绝望中的震撼。

另一位女性就是李九莲。她生前不过是因为说林彪像奸臣，怀疑“文化大革命”是否得当，因而于1969年入狱。后来在劳改农场又批评了华国锋，于1977年判了死刑。她活着时，就被人将下腭和舌头用竹签穿在一起，行刑后又被歹徒奸尸挖去双乳。筱敏写道：“我无意于把这位女性描述为一只无辜的羔羊……她是一名自觉的承担者，她对命运自觉作出合乎个人尊严的选择。……她的思想在今日的学者们眼中，远说不上成熟。然而今日的学者们思想的权利，以及拿前人的思想做学问的权利，是许多如她一样的被枪杀者争夺来的。……我们的幸存，是由于有人在我们的前头承担了不幸。”最后她说：“……我以为我一辈子都不可能遗忘这个故事。然而 1996 年初，当我再次从一份杂志中读到李九莲这个名字的时候，我才意识到，仅仅在很短的几年里，实在我们已遗忘得太多了。”

筱敏在呼唤，戴煌在呼唤，还有胡平也在呼唤。这三个人在不同的时间，都写过李九莲。后来我才知道，他们三人都经历过与李九莲相似的厄运。所不同的仅仅是，他们三人还活着。然而，他们的责任是让人们不要遗忘。在不该遗忘时候忘记了，是放弃了这个时代的责任。

1997 年

《山峦》

《女神之名》里面，有分量的当然不只一篇 。看了筱敏的《山峦》，又让我不平静了很多天。这是一篇对十二月党人的妻子们的灵魂礼赞。

“俄国十二月党人起义，被历史称之为贵族革命。”

十二月党人都是什么样的贵族呢？如果我们看过俄国作家屠格涅夫的《罗亭》、普希金的《叶甫盖尼·奥涅金》、托尔斯泰的《战争与和平》，对罗亭、奥涅金、安德烈、彼埃尔等人有较深印象的话，就会想到，他们无论是没有生活目标的

“多余的人”，还是有探索精神的俄国贵族知识分子，一旦生活有了奋斗方向，就可以成为敢于为理想献身、组织起来的贵族青年。

1825 年 12 月 14 日，俄国爆发的十二月党人起义，被沙皇残酷镇压下去了。他们当中有很多人是普希金的朋友。也有记载说普希金也参加了十二月党人的起义。

还有传说，1826 年秋天，新上台的沙皇尼古拉一世把普希金召回了莫斯科，问他：“如果 1825 年 12 月 14 日那天，你在彼得堡，你会干什么？”

“我将在起义者的队伍里。”普希金毫不迟疑地回答。

“你没想过这样做的结果吗？”

“当然想过，我的朋友们不是被陛下绞死了吗？”

这就是《山峦》所形容的：“恰恰是窒息生命的统治，使自由成为一种焦灼的渴望；恰恰是腐质土的堆积，迫使一种名叫崇高的生物直立起来，以流血的方式，不顾一切地生长。”

起义者的结局，是能想得到的。因为当时的统治还是“窒息生命”的，起义者希望被废除的农奴制和专制制度，如同“腐质土的堆积”，还相当的深厚。他们知道“沿着这条因自由的火把而延伸的道路，”可能会“走到了绞刑架下或者西伯利亚矿坑的底层”。但是理想的明确与崇高让这些热血青年贵族们义无反顾。

十二月党人的起义与中国的“戊戌变法”有些类似，就连同结局都类似。都是知识分子，都在忧国忧民。在他们举义的年代，都没有民众的响应或较大范围的理解。散文中提到的“无耻的‘幽默’，”恰恰说明当时先驱者们精神的孤独。但是，火把一经点燃，就会唤醒很多人的沉睡。历史已经告诉未来，如果先驱们提出的理想一天没有实现，火把在人们心中就一天不会熄灭。以“渴望自由为高尚的”人们，会将火把传递下去的。车尔尼雪夫斯基笔下的拉赫美托夫不就是勇于投身社会改革的革命家吗？车氏是在西伯利亚流放中写下的《怎么办》(1862 年—1863 年)。

作为一种历史的画面，最撞击人心灵的是，在“蛮荒和苦难的驿道上，远远地追踪而来的”十二月党人的妻子。

“俄罗斯妇女的形象，常常使人想起山峦，是傍墨时分的落霞裁成披巾裹住双肩，以整整一生的坚忍，伫立眺望的山峦。”“整整一生的坚忍”是时间长度与血肉磨砺的厚度凝结成的庄重。

“山峦”形象的提出，使话题在激愤中沉实起来。这篇散文虽说充满诗意的比喻，却是一砖一瓦地砌就的。十二月党人的妻子——这些年轻的女性，是“在乳母的童谣里和庄园的玫瑰花丛中长大的”“曾在宫廷的盛大舞会上流光溢彩”“从降生之日起，就被血缘免除了饥馑、忧患和苦难的女性”。她们是在突然的历史断裂中面临着生命中的重大选择。是继续过着尊贵至上的奢华生活，接受尼古拉一世允许改嫁的谕令；还是追寻丈夫，共赴苦难？作者说“她们的选择不假思索，因为她们的爱是不假思索的。”

但是她们仅仅是为着夫唱妇随，从一而终的“爱”吗？

十二月党人的妻子是有着文明教养的女性，或许还是俄国上层社会以说法文为高贵的女性。试想托尔斯泰夫人会不会尾随托尔斯泰离开庄园过贫寒的生活呢？不会。在托尔斯泰晚年，他们夫妇的人生矛盾越来越深，就是其夫人不认同他的社会理想。上层贵族之家中也未尝没有《安娜·卡列尼娜》中安娜与卡列宁的貌合神离。所以，没有心灵的默契，十二月党人的妻子不会追随丈夫到地老天荒之处的。

“面对昏蒙了数百年的天空那一线皎白的边幕，那一线由她们的丈夫们的英勇而划开的皎白的边幕，选择难道是必要的吗？”这段抒写告诉我们：她们的爱不是盲目的，不是顺从的，是理解和认同的产物。“丈夫们的英勇”，她们引以为骄傲；“天空那一线皎白的边幕”也是她们希望看到的曙光。所以“山峦”的根基是用同样渴望自由，反对专制；同样的进步文明意识与高尚的理想追求夯筑的。如同《复活》中马斯洛娃认识了民粹主义者西蒙松的价值后，愿意随他去西伯利亚一般。

也许，被流放的家庭中，妻子们对丈夫所从事的事业，理解程度不尽相同。但是对丈夫们的精神追求与人格认同，应该是存在的。所以只看到十二月党人的妻子对爱情的忠贞，没有看到妻子们对丈夫的精神支持，并不能完全概括出这篇散文的内涵。“如果没有经历过苦难，如果没有用自己的肌肤，触摸过岩壁的锋利和土地的粗砺，我们凭什么确知自己的存在呢?如果没有一座灵魂可以攀登的峰峦，如果没有挣扎和重负，只听凭一生混同于众多的轻尘，随水而逝，随风而舞，我们凭什么识别自己的名字呢?”这是对十二月党人妻子们的理性的肯定。当时，没有经历过炼狱的她们是无法体味自身的价值的。历史也没有留下她们的名字，但“十二月党人的妻子”这个符号是有灵魂的。我们今天已经清楚地看到，在她们面前，不仅仅是富华与贫寒的选择，而是人生价值的选择。这是做庸常之人还是做心灵高贵的人的选择。那些“豪奢的腐朽和华贵的空洞”，难道“是人的真正的权利吗？那些虚荣的玩具曾经掏空了多少生命?”所以“在目睹了男人们英勇的佩剑刺穿天幕，流泻出一线自由的颜色之后，她们就从庸常走向一种崇高的义务。”“义务”是她们自觉的人生承担。文章后面提到的“灵魂是因痛苦而结合的”，不是进一步表明“妻子们”与“丈夫们”是在同样高尚，同样孤独的相知中，痛苦地走到了一起了吗？“唯有一种博大的痛苦，有力量抗拒时间的流逝，恒久地矗立在历史深处，注视着驿道上后世的跋涉者们迷茫的眼睛。”因为“十二月党人的妻子”的理性，使她们的眼睛没有“迷茫”，因此，她们的痛苦是“博大的”。

所以作者才说，“当她们以永诀的伤恸吻别熟睡的幼子，以微笑排开威吓和阻挠，任由恐怖和厄运箭矢一样穿过她们身心，孑然跋涉数千俄里，把这样的诗篇交到男人们的手上的时候，——爱情，还仅仅是一个花朝月夕的字眼吗？”

作者说，“女性的爱，其最本质的激情是母性。于是她们一夜之间成长为山峦。”其实，那最本质的爱是大爱，这时作者的歌颂已经指向一个民族。这个母性，是对贝加尔湖，西伯利亚硬利的冻土，对莹蓝得如此温软的贝加尔湖真实的拥有。是对祖国、民族、人民的真挚之爱。一个民族正是经过博大与残酷的浸泡，其灵魂才得以生成和上升。所以以十二月党人为代表的俄国知识分子和他们的妻子是俄罗斯人民优秀的儿女，他们代表着一种民族之魂。

这篇散文的个性就体现在这里。

散文的美奇异纷呈：有朴素清新之美，绚丽之美，活泼灵动之美，恬淡通透之美。我觉得筱敏的散文是高雅与锋锐之美的组合。它对书面词语的信任与执著，在现代散文中有时是很忌讳的。但是它正是靠着准确的形容与搭配，靠着词句的美丽丰赡，使该散文有了密集的社会世相、历史故事和激越的情感。它是一篇理性很强，情感张力也很强的优秀散文。

2006 年

文化的差异：中西风马牛

吴迪的《中西风马牛》（文化艺术出版社 2004 年版）是一本妙趣横生，又很有思想、智慧的书。当我不断地向朋友介绍时，有朋友告诉我，书中的有关篇章已在一些杂志和网上刊登，反响很大。

吴迪先生，是电影学院的教授，曾到瑞典隆德大学讲授“中国文化与中国电影”课。有意味的是，他带到国外讲学的中国影片，并没有要与世界接轨而首选中国比较前卫的作品或在世界获了什么大奖的作品，他选择较多的是中国的主流电影。他上课的方式是思维开放性的讨论，于是就引发了外国学生看了中国电影后种种不可思议的理解，呈现出中西方在政治、伦理、历史、观念诸多文化方面的巨大反差，同时也碰撞出由文化差异生成的各类“问题”。

吴先生教的学生，都是在中国待过少则五年、多则七八年“个个都可以到中国的电视台侃大山”的准“大山”，从他们的讨论中，可以看出他们对中国文化了解一些，却难以深入，于是问题就来了。比如，学生在看了中国电影《焦裕禄》后提出：中国的传媒把当官的说成是父母官，为什么焦裕禄到老贫农家都说自己是他们的儿子？他是否要继承老贫农的遗产？大多数中国人都把党当做母亲，焦裕禄听毛主席的话，也会把党当做母亲，焦裕禄又要做人民的儿子，那么，他就有了两个母亲：一个是党 ，一个是人民；周恩来到灾区对老乡说："我是您的儿子。"邓小平也说他是中国人民的儿子，这时，这个母亲（党的领导人）又变成了另一个母亲（人民 ）的儿子，这是怎么回事？孔繁森到藏族生病的老妈妈帐篷里慰问，老人哭、羊羔叫；是不是可以隐喻为：上帝与羔羊的关系？

这就是外国人看到的中国政治文化现象。这种政治文化现象是世界独有的。政党与行政工作的伦理化，是家与国一体化传统思维的产物，使法治意识、公民意识很强的老外，的确很费解。包括外国学生不理解的：孔繁森对司机说到自己的老婆时，不说"我妻子"，而说"你嫂子"，仍然可以看到民间语言与行政语言环境的混同。

在政治文化方面，老师对学生并没有多讲解，他知道有些是讲不清楚的，讲清楚他们也不理解。但他举出这样的例子，不是很有意味吗？

又比如学生提出：为什么蒋筑英病情严重了还不休息，非要死在工作岗位？为什么中国人喜欢带病工作？焦裕禄、孔繁森、蒋筑英……难道病人会比健康人工作得更好？这种现象在瑞典，会被说成贪恋权力，玩忽职守，对选民不负责任！你瞧，在中国的敬业精神，到西方成了玩忽职守。这个问题，不正是“以人为本”同“以国为本”的区别吗？

学生看了《红色娘子军》竟然会提出：让漂亮的大腿和野蛮的刀枪共舞，是想表现性与暴力的和谐吗？他们当中有人看到样板戏中“所有的敌人都是男性、所有的女性都是反抗者。”又对样板戏做出女权主义的解读。

一般文化意义上的差异是明显的，有的我们可以一笑了之，比如他们对《白毛女》中的白毛仙姑、奶奶庙等，在民间宗教意义上的解说。但是有些问题，我们却从来没有想到过。日本学生看《地雷战》，影片中提到：“一百多鬼子，二百多伪军，想来破坏我们的地道”。便又找到相关资料问老师：“日本侵华战争时，为什么伪军比鬼子人多？”老师的解释是：《地雷战》把伪军说得比侵略者多显然是有意为之。旧中国腐败、社会黑暗，迫使一些中国人当了汉奸，电影想通过这样的对比，促使人民反思国民性。据笔者所知，学者金雁曾著文说，二战时，波兰被德国占领，政府逃亡，波兰人被杀害的人口比例最高，但他们却可以自豪地说他们没有出现一个波奸。显然，书中老师的说服力是不够的，可又有何更好的解释呢?

学生问："雷锋日记中说：'对待个人主义要像秋风扫落叶一样，对待敌人要像严冬一样残酷无情。'在我看来，一个社会没有个人主义是不可想象的，只有法西斯才害怕个人主义。敌人也是人，为什么要残酷无情呢?"这看起来一般性的社会伦理教育问题，又向我们提示着其中深刻的哲学、政治学社会背景的区别。

本书也有中国电影学者与国外的中国电影研究者的交流。国外研究者提出：抗日战争，中国对日作战两个战场，一是正面战场， 一是敌后战场。正面战场有过十九场大会战，中国大陆主流电影鲜有反映。难道二百多个牺牲的将军就连儿童团员的抗日都不如了吗？作为历史，中国电影为什么没有摈弃党派成见真实而深刻的反映呢?

《中西风牛马》的书名起得好，指向书中大量的是中西文化观念的矛盾与反差以及背后耐人思考的问题。

吴迪先生的智慧，不在于他的解说，而在于他用代表性很强的中国主流文化，招来了与之反差很大的另类文化。他让我们在世界文明的发展进程中，有一次整体的文化检阅与思考。

这本或叫散文、或叫随笔的书，语言幽默，叙述有趣，其文化冲突的火药味，能给人带来很高的阅读兴致。吴先生说本书出版得非常困难，我看了以后明白了其难处所在。

2005 年

历史性变革和震荡

——《新饿乡纪程》读后

有一种说法：女性善于感悟和体察而弱于逻辑思辨，因此女性在文学创作方面，佳作迭出并不奇怪；而在理论研究方面，女性出类拔萃者很少。但是最近一段时间，我碰巧连续读到几位中年女学者的著述：钱满素的《爱默生和中国——对个人主义的反思》、金雁的《新饿乡纪程》、何清涟的《现代化的陷阱》以及崔卫平的一些文章。她们的文字不但富于感性的魅力，而且思想的犀利、逻辑的雄辩绝不让须眉，足以挑战对女性写作的成见。

金雁最早引起我关注的是她前年以苏文的笔名发表的长文《"路标"改变以后》。当时我很震惊：没想到举世瞩目的"震撼世界的十天"是那么偶然。"没有一个党直接参加了革命准备工作"，结果是一次不公正的"改革"引起了反改革的"革命"。本来"革命"是为了民主与公正，却诞生了更严厉的铁腕。话不能扯远，还是先谈金雁这本新著。

金雁是专门研究苏东问题的学者。1990 年到 1992 年，正值东欧动荡之际，她到波兰访学，其间四度访俄罗斯以及匈牙利、捷克等前“大家庭”的一些成员国。瞿秋白曾于 1920 年奔走于剧变之后陷于内战与饥荒之中的俄国大地，他将自己的书命题为《饿乡纪程》。金雁沿袭瞿秋白的思路，就将自己 1990 年代的东欧之行冠之为《新饿乡纪程》了。因为那里经受了又一次历史性变革和震荡。

对于经济改革，中国一直以东欧各国为镜子，以我们的渐进来对比他们的“休克疗法”。人家到底发生了怎样的休克状态？其“阵痛”及“二度阵痛”是怎么产生的？原来，我们只能从字面概念上联系一些宣传的现象去推测，而金雁的考察，使我们了解了以波兰为代表的东欧转轨的全过程（因为她总在比较中谈问题）。作为学者，她从现象到本质，有描述也有分析。她说，“休克疗法”是无所谓姓资姓社，它只是以严厉的紧缩来纠正经济中的破坏性失衡以求稳定经济。由于它是向以前造成失衡的逻辑原因对症下药的，因此它的“疗效”具有逻辑保证。但是“休克疗法”可以创造平衡却不能维持平衡。要把平衡坚持下去，就得有“手”——或是“看得见的手”（行政的计划机制），或是“看不见的手”（市场机制）。而前苏联、东欧各国出现的问题是“两处茫茫皆不见”。这种分析，使我顿觉耳目一新。

一个社会的经济与体制的变革有其本质规律在起作用。但是变革中发生的各种错综复杂的问题，或者说，影响变革进程的原因是多方面的。理性原则就是要对具体情况进行具体分析。金雁主要羁旅波兰，在她的笔下，捷克、俄罗斯、前南斯拉夫、保加利亚、匈牙利、哈萨克、立陶宛等国在变革中经济与政治、与民族文化的关系，她都有分析。特别是对波兰这个民族，我有了更真切的了解。记得在电影上曾多次看到德国纳粹机枪下的波兰犹太人，他们那种尊严、镇定的赴死神态，给我留下了深刻的印象。金雁对波兰民族性的介绍，使我感受到了丰富和有趣。比如他们的宗教狂热和宗教宽容、他们的民族主义与世界主义、他们的不怕流血怕流汗……她介绍说，“整个”二战中被德意日占领的各国几乎都存在过由占领者扶植的傀儡集团，以及由这一傀儡集团出面组织的仆从政府和伪军。只有波兰，没有伪政府，没有伪军，连波籍雇员都没有，其结果是：2800万人口的波兰牺牲了600万人，人口死亡率高达22%（苏联10%，中国7%）。占世界之首。三分之一的神职人员被杀害，有一个大学的全体教师被杀害，却没有一个人做周作人，“我们没有出过波奸”，他们为此十分自豪。

同时，金雁也介绍了波兰人节假日“特别多”，“雷打不动”。变革时代他们仍“不追求德国式的效率”，而“向往法国式的潇洒”。把休息看得很重，“波兰人在这方面似乎是比较极端的”。波人是否长于争取政治民主，拙于搞市场经济，金雁有一番民族文化的综合分析。金雁的专业是史学，她和中国传统史学的视野不同，考察问题往往从政治、经济、社会、宗教、文化、心理全方位入手；和文学家的游记也不同，作为一种学者的考察随笔，她依托宽广的文化背景，总是通过现象的描述，把人引向社会历史文化原因的思考。比如涉及对民族性的看法，金雁在文章中指出：“对民族性的过分强调既会漠视普通人性，也会漠视每个人的个性；漠视前者有损于人类共同的基本价值与进步，漠视后者会把历史看成一部按‘文化遗传密码’规定的程序运行的机器，从而导致宿命论与历史观的非人化。”这样看问题，当然就不会引人进入简单的模式化圈套。

看了金雁的书，我总的感受是，东欧在变革的路上虽然困难重重，经济复苏越趄曲折，执政者轮番换个不停，广大人民却表现出非凡的承受力和忍耐性，绝没有走回头路的意思。我想，“尊重东欧各国人民的选择”，不仅仅是一句外交辞令，而是我们应取的态度。

1998 年

昨天的梦还是明天的梦?

——读小说《廊桥遗梦》

已是告别了古典的时代。

一本很有点古典浪漫主义意味的小说却依然打动了许许多多的人。

这本叫做《廊桥遗梦》的小说，仿佛蘸着阳光，浸着清风，读起来那么惬意、悦目。那个夏天的草场、古老的廊桥边发生的故事，让人久久不能释怀。

究竟是什么东西启动了现代人的情愫呢?

一个五十二岁的男人和一个四十五岁的女人，原来都在自己的人生轨道中生活着，离过婚也好，不断地邂逅他人也好；或是恪守着一份平静的生活也好，他们的存在，极为普通、极为平常。

有一天，他们终于发现，那不是他们自己，他们自身的一半多少年来都在游荡或沉睡。那个生活在自己天地中的罗伯特，好像不属于很规范的人群中的一个，而是更靠近大自然的精灵。他先将一颗灵魂交给了探险和旅游的书籍，后来上帝又给了他一份漂荡魂灵的职业。他的一个女友曾说："罗伯特，你身体里藏着一个生命，我不够好，不配把它引出来，我力量太小，够不着它。"但对这一点，他以前并没有自我意识。而这一天，罗伯特那总是不安分的魂灵突然被照亮了。弗朗西丝卡在她二十二岁头上系着红缎带时，有过自己的梦：希望有海员上岸来找她，希望有一种声音从窗下街头传来。这种心灵的悸动后来是被生活的沉实掩埋了呢，还是被所谓的成熟替代了呢？当弗朗西丝卡与罗伯特相遇后，好像真切地回到她的梦中。他们俩那个深藏着的生命获得了美丽和完整。

这，或许也是很多人有意识或无意识的等待？也许有的人遇到了，却无法把握它？"多少年来，整个一生的时间，我们一直都在互相朝对方走去。"人们在罗伯特与弗朗西丝卡的相遇中看到了自己。这大约是现代人所关心的。

有人说"二战之后的《魂断蓝桥》是以红颜蒙尘的生死决绝，强调了爱情与婚姻的绝对一致；90 年代的《廊桥遗梦》，则以天各一方的道德自律，突出了爱情与婚姻的各自完整。"我以为不尽然。它的现代性，不是因为认识到爱情与婚姻的各自完整性而去自律，而是看透了爱情与婚姻事实上的不同，选择了让爱情永存的方式。爱情一进入婚姻状态总是要变形的，淡然厮守也好，不断更新也好，人总是需要努力去维护它，否则容易点燃，也容易失去。不能说罗伯特的前妻不是个好女人，他不曾爱她；也不能说弗朗西丝卡与丈夫没有爱情。爱情的形式多种多样，爱情的层次也多种多样。只能说后来他们找到了他们希望的那种爱情，同时又找到了保持她的方式。于是把罗伯特处理成一个在路上的人。

这篇小说的框架是古典的，罗米欧与朱丽叶仍是隐含的原型。但我们却可以看到现代人对“人”的丰满理解。小说中人的灵和肉浑然为整体，使人说不清相爱的双方是先从精神气质上爱上对方，还是从体态的生机上互相被吸引。罗伯特肌体强壮、健美、充满生机；他的精神昂扬、向上，仿佛一生的使命就是探寻，追逐，不满足，发现。他的创造性激情不仅存在于工作，也存在于生命力的展示——“我照相不是按原样拍摄，我总是设法把它们变成某种反映我精神的东西。”“还有人生也是这样的。跟你爱的女人做爱也是这样的。”所以弗朗西丝卡觉得他像“南非草原的草丛深处一只漂亮的豹子。”又表示，“她爱他是精神上的”。

小说写出了“人”的素质层次。这种素质是人的精神、灵魂渗透于血液，又从骨骼、血液里洋溢出的气质性的东西。在中国不知道是缺少这样的男人，还是作家不善于这样表现人。这种素质不是纯理性的概括，它表现出的是从灵到肉的非常完美的统一。

更让人心灵颤动的是他们之间的爱。我还没看到哪部小说把男人写得这样好。“我是大路，我是远游客，我是所有下海的船。”可是当他要离开心爱的女人时，却感觉是一生中做过的最艰难的事。而且正如他所怀疑的：“有多少男人曾做过这样艰难的事”？他一直忍耐到死的是“时间残忍的悲号”，那永不能与她相聚的事实。因为罗伯特对弗朗西丝卡说过，“我要你记住：在一个充满混沌不清的宇宙中，这样明确的事只能出现一次，不论你活几生几世，以后永不会再现。”罗伯特最后的信，流淌着那么凄凉、痛楚、渴望的思念。真是把一种爱情抒写到了极致。这显然是理想主义的，有很古典的悲剧美。很多人会说，像这样刻骨铭心地去爱的女人，古今中外无处不有，而男人很少或者说根本就没有。但也会有很多人宁肯相信其有，不愿相信其无。否则就不会被这本书打动了。难怪它成为“高居美国大报刊畅销书榜之冠，销量近千万册”。

大多数女人的心灵深处总有一块靠顽强维护而不愿被污染

的情感净土。她们在那里幻想着、希冀着。而女人作为性别的美丽和纯洁也正在于此。但我感到小说没有写出女人的动人之美，而且比较意念化。小说写到“弗朗西丝卡身上确实有足以吸引他的东西”。但从没有细致的描写，让人只能联想她不是普通的农妇，是上过大学比较文学专业，给中学生讲过诗歌，经常在厨房读书的农妇。在她身上为什么没有体现出血肉交融“人”的美来呢？因为一种因果关系在她身上太明显了。她从精神到生理的压抑使人们可以设想，如果不是罗伯特，而是其他什么外乡人也会给她带来不安宁。而今天人们越来越清楚，给人带来感情波动的因素，并不都是非此即彼的。两情相悦，彼此在一瞬间互相照亮，并不一定说明从前的生活就暗淡。很多小说都表现了：男人在过男人的生活，女人在过女人的生活。男人与女人不易沟通。或许可以说男人不想去理解女人，因为他们自己就不愿意被女人理解，他们不愿丢掉自尊，习惯自卫，希望女人崇拜；女人对男人也很难理解，却愿意让男人理解，所以当一个男人——罗伯特这样坦露自己的内心时，让人觉得这才叫刻骨铭心。

一种社会素质也可以体现出较高的人文精神。罗伯特那个吹号的朋友，花了三个月的时间，为罗伯特和他的爱情写了一首名叫《弗朗西丝卡》的曲子，为他们相隔千万里路而哭泣。

这是一种最无法言说的理解，是一种灵魂的沟通。正如号手说：能对一个女人这么钟情的人自己也值得让人爱的。说明情感的美，是人类认定的共同财富。

1995 年

我们为什么要属狼

——读小说《我要属狼》

偶读去年《中国作家》第六期，在目录中一眼就看到马中行这个名字。马中行是北京电影学院的教授，唐达成先生的夫人。

这期《中国作家》刊登的马中行的小说叫《我要属狼》。起初，我很难想象这位文雅的知识妇女，怎么会发出这般凶言。一口气看完它后，却引起强烈共鸣。

小说中写道："渴望爱情是人类的天性，渴望事业也是人类的天性，它更是智慧人的天性。可我怎么就不知道。它们二者竟是如此矛盾，对一个女同志来说简直就得非此即彼。"用一般人的眼光看，小说中的家庭是令人羡慕的：丈夫担任要职，妻子是大学教师，儿子们上进好学，婆婆年事已高，只需理解和尊重，家里经常弥漫着高雅的文学与哲学的论辩，还有优美的李斯特的圆舞曲。假如女主人一心拥抱着这个家庭，全身心地操持着视为己任的家务，让丈夫儿子既食人间烟火，又有超凡脱俗的体面，那么这个家庭或许和和睦睦、温馨常在。偏偏女主人自我意识极强。她需要读书，需要充实，需要拿出丰厚精彩的教学内容。可她又不得不任凭每天的买菜、做饭、洗涮，没完没了地吞噬着自己的时间和精力。她躁动，她不安，甚至歇斯底里地号啕，为自己看不到希望，“为乏味的”“使人愚钝”的家务劳动，永远摆不脱而痛苦。这位女主人认为：“它夺去的绝不仅是我的时间，而是我的素质，我的智慧和气度”。它们在“糟踏我的生命”。

我惊叹，作家的感受几乎涵盖了我的日常所思所想。即便是女主人发泄的方式，也同我惊人的相似。我快慰，我听到了知音，听到了我们本该有的呐喊。我认为，很多知识妇女的痛苦，不是没有爱，不是没有人伦的温情，而是为这爱，为这温情所付出的太大牺牲。这是不公平的。记得王安忆有一篇小说就揭示了：一部分知识妇女在社会伦理偏见的因袭下，对这种不平等地位的认可，是阻碍自身奋飞的一大心理障碍。于是提出：“每个人，都各有一份人生，一份责任，她不该去代替他，而又不该让他代替自己。”“一个人首先有自己的存在，然后才能去爱，去给予，同时接受别的。”我想，任何一个不甘心成为家庭的殉道者的女性，都会有马中行小说中女主人公的感受。

当时，我激动得不能自已，马上提起笔给马中行写了一封信。大意是——

我原以为随着唐老师地位的变化，你们的生活时过境迁，您会处在怡然自得的满足之中。没想到您的胸中仍然滚动着进取的圣火。读您的小说如同听到狼一般的号嗬，我为我们女性同仁身上仍流淌着不甘沉溺的狼血而自豪。

我觉得，人生就是女人的陷阱，特别是对知识妇女。这不仅是指社会的种种不公平，人们所持的种种传统观念，也包含着女人的妻性和母性的构筑。尽管您的小说情绪看似都冲着不理家务和不谙世事的丈夫和儿子而去，其实发泄的却是一种无法排解的、无边的苦恼。一般来说知识妇女会比常人得到更多的平等、尊重和理解，但她们永远也摆脱不了只有她们才会有的两难选择处境。比如，小说中的丈夫可以理解，他其实活得也不轻松，他在做着并非自己所愉悦的事；儿子可以理解，任何一个母亲都希望孩子成才而不俗陋；婆婆也可以理解，以一个女人对另一个女人的同情。那么作为知识妇女的女主人公呢？这种由妻性、母性套起的枷锁，不又恰恰捆缚了自己吗！除此之外，我们又该怎么办呢？正如小说中所提到的，独身是一条路，但那样的人生，不是女人的全部人生。为了使我们真正获得马斯洛所说的人生五大需要——生理的需要，安全的需要，归属与爱的需要，尊重的需要，自我实现的需要；得到我们本该有的全面的人生，我们只有收起羊的绵善、兔的温顺，伸出狼的利爪去顽强地争取。

这些年写妇女命运的作品不少，写知识妇女抗争进取的也不少。然而您的小说却以实实在在的琐碎生活，以及那种无法名状的困境和烦恼，表明着：知识妇女的痛苦是永恒的，是难为人真正理解的，因而也是孤独的。

很快就收到马中行的回信。在信中她写道——

这大概是这些年我所收到的最沉甸甸的信之一。其实我也知道这种妇女的命运是代代相传的，但是，当看到你也深陷这种泥潭难以摆脱而得有“狼的号啕”时，我仍感到格外悲怆。

前几天王蒙带着他的夫人来玩，大家聊得热火朝天，插不上嘴谈她的苦恼，可她屡次提及《我要属狼》，她临走时，她又提起，我和她拥抱了。她的苦衷也是好深的吧？

为了你说的“人生就是女人的陷阱”，我总和死的念头打交道，我想，只有我结束自己生命的一天才是我摆脱这种陷阱的一天。

如果我不是承受了达成和儿子这么多爱，和他们生活的艰辛，我这种决绝的念头还容易被理解些。鲁迅说生活太优裕，人就会被生活所累。女人就是为被爱和爱舒舒服服地消蚀了自己，变得卑俗的。而她们巨大的精神困境又有谁能知道呢？

我没有表达好我这位婆婆，她聪明有才干，但被生活全部吞噬了。在家里人的谈话中根本没有她插嘴的余地。客人来了，她逮住人就想说活，儿孙们都发愁，嫌她谈得丢人败兴。她老了，连看电视的兴趣也没有，晚上八点就上床睡觉，等保姆晚上去外面和女伴们聊完回来，她立刻又活了，逮住保姆说个没完。她八十岁了，想去上老人大学，但儿女们宁愿她在家享清福。其实，她已经被消蚀掉，她识得些字，我预备了好多谈妇女命运的书给她看，以为她会很高兴，她根本读不进去。我常常从她的人生中关照到自己的形象。

也许有一天你见到我时，会感到我谈吐乏味，我们已经在陷阱中，但有更大的陷阱，在那时我们只能剩下一个皮囊，我觉得自己就站在这个陷阱口上，百般挣扎，想让自己不陷得更深……

读了她的信，我又一次陷入深深的惆怅。

有位诗人说——

“如果海洋注定要决堤，就让所有的苦水都注入我心中。”

既然上帝为女人安排了这样的宿命，我们只好面对它、咀嚼它、抗争它，世世代代……

1993 年

历史的阅读

——兼议历史小说《紫金山燃烧的时刻》

今年是纪念中国抗日战争暨世界反法西斯战争胜利60周年。我非常激动地看了媒体的不少有关撰著与报道。比如，关于台湾电视制片人陈君天以十年之力拍摄的纪录片《一寸山河一寸血》（第四版改名《大决战》）的报道；重庆学者王康大气磅礴之文《超越宿命 领受天意——中国抗日战争胜利六十周年断想》与《沉潜磨洗六十年——凭吊中国抗战首都》；《南方周末》记者南香红用了五年时间跟踪调查采写的《极罪——没有结束的细菌战》；经盛鸿写的《抗战期间驻南京日本军民的反战活动》以及中央电视台播放的抗日战争“经典战例”，各地方台对有关抗战将领介绍的专题片。从这些作品的题目就可看到大陆研究、宣传的新气象：格局扩大了，内容广了，持论客观、公允、深入了。

很久以来，大陆对中国的抗日战争的宣传，是有很多遮蔽的。以至于像我们这些共和国成立后出生的人，对抗日战争的了解，也只限于《平型关大捷》《鸡毛信》《平原游击队》《地雷战》。且只知道《平型关大捷》，不知道有超过三分之二以上人数的国民党军队所参加的整个平型关战役。记得80年代初看了电影《血战台儿庄》，才知道国民党军队打日本并不含糊，那气壮山河、尸垒城墙的场面，给我带来的震撼前所未有。2002年看了前国民党将领《闻强口述史》才知道，国民党地下工作者也曾遭日寇的凶险追杀。其实，当年中国的抗日战争起码分两个战场：一是正面战场，一是敌后战场。过去大陆的宣传主要是八路军、新四军活动的敌后战场。后来从有关资料中了解到：从一·二八算起，中国军队与日本侵略军的正面会战就有二十多次，牺牲的国民党方面的将军二百多人。难怪有位旅居美国的华裔老人说："都是抗战，都是中国人，都是流血牺牲，光讲自己，不讲人家恐怕不妥吧？《鸡毛信》《小兵张嘎》说的是儿童团，儿童团都是抗日英雄，人家的二百将军就连你儿童团也不如了吗？西方人有一种普遍的偏见，认为二次大战中，中国军队没有起什么作用。你们是强者，是胜利者，你有条件、有责任、有义务为中国的抗日说话。"据说，今年对抗战的宣传，大陆也有口径的限制。但毕竟对历史的认识在进步，"把历史还给历史，使真相归还于真相，"就不只是陈君天一人的信念了。在大陆，原有的格局也终于打破了。

在西方，有关反法西斯战争的介绍与思考，六十年来从没有中断过。这种介绍与反思的作品，可谓常有常新。比如《辛德勒的名单》《拯救大兵瑞恩》；台湾作家龙应台笔下德国青年一代对老一代心灵的扣问。每每看到，总有新的启迪。大陆的宣传也是经年累月，但格局的狭促，有目共睹。如果今天历史文化界没有紧迫感，我们还能知道更多真相吗？陈君天为拍电视片采访了抗日战争见证人800人，这些人小则70多岁，老的都超过百岁。接触到上百万人的大会战22次，十万以下、一万人以上战役1117次，提到阵亡的中国军人200多万。它新增了《战时延安》，纪录片由最初的30集增至今日的45集。记者南香红对日本侵略军在浙江、湖南、山东、河北使用的细菌战的揭露更是触目惊心。当年日军投下的伤寒菌、霍乱菌、鼠疫、跳蚤弹使受害者们的腿至今在溃烂腐臭；使农家妇女牙床全部烂掉，半个世纪以来只能喝稀饭……日本侵华已有百年历史，为什么它对中国的加害要比所有西方列强强加在中国人身上的耻辱和不幸要巨大得多？而从历史上看，中国没有做过任何一件对不起日本国民的缺德事。王康先生的文章有了深入反省和思考，王康先生认为（大意）：一个虽然凶恶贪婪却充满活力和进取精神的国家，一个变革的榜样，一个可资取经求道的老师为什么能公然地、全面地、毫不犹豫地践踏所有国际公法，超逾了人类文明所能容忍的底线？根本的原因是中国在专制主义毒害下的落伍。历史的天平——那些代表着正义、进步、规律的亚细亚意志，似乎倾向着日本，想通过一场战争加速古老中国的“崩溃”和“终结”。但是日本人没有意识到，作为中国的学生，中国文明的真精神、真生命从未真正进入日本的灵魂。日本侵华战争也是东方两个国家精神与文化的较量。日本虽然是亚洲第一个完成了“现代化”的民族，但丧心病狂又使它倒退了回去，它挑战着人类进步文明的道德底线。这个底线包涵中国古老文明锤炼出来的生命意识和道德境界。所以它比德国纳粹的残暴、野蛮更为人类所不齿。奥斯威辛集中营从 1940 年 6 月到 1945 年 1 月之间，每天有 879 人遇害；而“南京大屠杀”的六个星期里，平均每天有 8794 人被杀害。这时，让我们看到，作为亚洲第一个完成了“现代化”的民族，以它的可耻、惨败所走过的畸形的、荒诞不经的路。

一直以来，我十分困惑的还有一个问题：二战中，为什么中国的汉奸在国家人口比例中为最高？波兰人，却可以自豪地说，他们不曾有一个波奸。而波兰在各国的人口比例中，死亡率为最高。最近读近代史专家杨奎松先生接受媒体采访的文章有所启示。他说：“所谓爱国的情感，理当是由人们对国家和民族的满足感、乃至于自豪感中油然而生的。”如果你的人民没有那么多的满足与自豪，爱国程度自然要打折扣。杨教授在谈话中提到：在创建主权在民的民族国家的过程中，经常与民族主义精神发生矛盾，政治家与学识之人为了国家的文明进步，在民族主义方面做出牺牲的事也常有发生。他说:“许多农民从小到大没有进过城，没有上过学，更没有读过书报。他们连中国过去有怎样的历史都不大清楚，你怎么要求他去爱国？他们和国家的关系，是通过地主士绅和地方官吏在租税关系中体会到的。——想一想历史上外族入侵时农民普遍表现出来的漠然态度，你就知道为什么姜文电影中的农民没有我们通常在教科书中看到的那种民族主义的激情了。最有力的一个例证莫过于1944年发生在河南的事情，当时已经是抗战行将结束的时候了，日本人发动了豫湘桂战役，在横扫黄河以南的国民党守军时，当地农民竟蜂拥而起帮助日本人打中国军队。为什么？就是因为当地农民太痛恨国民政府驻守河南的将领汤恩伯及其军队了。……中国与发达国家不可避免地在文化、教育以及生活水平，包括在政府管理与政治法律制度等许多方面，存在着巨大落差。这种落差，注定会导致国人对国家和民族在认同意识上存在着差距。”那么波兰没有“波奸”，是否出于对国家和民族的自豪感？重要的是如何让国人能早日以做一个中国人而自豪。

祁寿华《紫金山燃烧的时刻》显然也不是应时之作，因为书中沉淀着作者作为南京籍华人、一个中国人对日本侵华战争永生的记忆和责任感。它是以一种形象的表达加入到纪念中国抗日战争胜利的交响乐章中。这部历史小说，将对侵略者的愤怒更多地化为对人性善恶的比较与细致的描叙，无论是侵略者的施暴还是无辜人民的被屠戮，小说都试图从人的心理上进行形象化剖析。使我们看到在枪刺、刀劈、剖腹、分尸、活埋、强奸、砍头中，侵略者的心理变态；在禽兽横行的“无人”之境中，宗教的慰藉无论如何也抵消不了人的恐惧。因为宗教所提供的是“人”的境界。

尽管这部小说申明，仅仅写 1937 至 1938 年日本侵略者攻陷南京前后六天时间所发生的事情，但无论从历史小说所能涵盖的幅度看，还是从长篇小说的容量角度看，它都显得过于单薄纤细。虽然小说依据了大量幸存者叙述、证词、信件、日记和已出版的文字资料，我仍认为，在事实上它只是对人们已知信息的形象化重复，而欠缺着近些年来，从国际到国内对这 20 世纪重大事件历史反思的分量。长篇小说有这种构架能力，关键是作者的视野。如果做不到，在对历史阅读有更多要求的读者面前，它的被忽略是在所难免的。

2005 年

《思痛录》出版后

有一天，我在三联书店一进门的新书摊处翻书，猛听见有人在极力大声地询问交款台上的服务小姐有没有《思痛录》？抬头一看，说话的是个被人搀扶着的耄耋老人。看他那神情，不像是常逛书店的人，可能是专门为买《思痛录》而来的。当时，听说《思痛录》已是第四次印刷。

韦君宜的《思痛录》出版后，反响是巨大的，一时间成为人们相互转告、介绍和议论的话题。一种从未有过的痛快淋漓感染着她的读者，好像大家一块吃下一服泻药，觉得好不舒服！

韦君宜在一本仅十二万字的薄薄书中，谈了从延安抢救运动到解放以后人们耳熟能详的大小运动和这些运动给她留下的心灵烙印及反思。这是一些她的同龄人及与共和国共岁月的人们的相同经历。她的疑问、慨叹、泪水、追悔在很多人肚里大约也曾反复翻腾，可是只有韦君宜义无反顾地倾诉了出来。她心中的块垒，也是大家心中的块垒，她吐了出来，仿佛大家也都吐了出来。

我常听到有人说：某某人在某某文章中说了句什么什么话，然后感叹道："真敢说啊！"尤其是地处外省的人，偶听到或看到一种什么信息，如获至宝，"这话也能说了？"由衷地欣喜。真是可悲啊！怎么听到一句可以共鸣的真话，就这么感叹不已？从什么时候起，我们都带着面具生活起来？从什么时候起我们都生活在令人酸楚、心照不宣的游戏中了？

韦君宜摘下了面具，她义无反顾了。韦君宜的义无反顾衬托了很多的人的无所不顾。这就构成了一时的韦君宜现象。

很多年来，在我们的政治生活中发生了无数残酷迫害无情打击的事情，一批批人为此流血、流泪、甚至付出了生命。有的人经历了，怀疑一次比一次加深；有的人经历了，一次比一次小心，除了一次次放弃，什么也没有了；有的人被冤屈迫害几十年，最终感激地扑回"母亲"的怀抱，除了感恩戴德，再也不会说"不"了。压垮了的人是少数。更多的人是怀疑，他们总想要追问"为什么"？为什么自己投入的队伍和自己想象的不一样？千百万人付出血的代价换来的社会生活是这个样子而不是另一种样子。但是所有应该供人反思的渠道都在堵塞着，以前堵，现在还在堵。不能穷究，不能为避免下一场灾难而把前一次灾祸的根源搞得更清楚。厚厚的谎言，压抑着人们探寻真理的愿望。但是人们并非甘于默许、忍受，在“弥漫的、无所不在的恐惧造成的弥漫的、无所不在的谎言”（哈维尔）中求生存。

韦君宜知道自己来日无多，如果不说出心里真实的话语，她放不下从青年时代就背负起的十字架；就对不住自己一生的信念和良心。那么，为什么只有到了生命垂危才能有这种胆识和勇气？一个要使人表现出胆识和勇气的时代，致使会出现所谓的韦君宜现象的时代是怎么一回事？哈维尔描绘的一种社会景象，耐人寻味。“虚伪与谎言充斥着社会：官僚政府叫做人民政府；工人阶级在工人阶级当家做主的名义之下被奴役；个人地位的彻底丧失说成是人的最终的解放；剥夺人民新闻渠道被称为保障人民的新闻渠道；用权势驾驭人民说成是人民掌握权力；滥用职权、专横跋扈便是实行法治；压制文化就是发展文化，扩张帝国主义势力，成为对被压迫民族的支援；毫无言论自由就是最高的言论自由；选举闹剧是最高的民主；禁止独立思考是最科学的世界观；军事占领变成了兄弟援助……”这是哈维尔所说的极权制度。按照李慎之先生的分析：“后极权主义就是极权主义原始动力已经衰竭的时期。权力者已经失去了他们的前辈拥有的原创力与严酷性。但制度还是大体上照样运转，靠惯性或曰惰性运转。权力者不能不比过去多讲一点法制（注意：不是法治），消费主义日趋盛行，腐败也愈益严重。……这个社会的最高原则是‘稳定’。而为了维持稳定，它赖以运转的基本条件仍然是恐惧和谎言。”

这正是《思痛录》引起巨大反响的原因。这是韦君宜的荣幸，还是我们的不幸？人活着，本来就希望自然地生活，只有活在真实中才活得像人。但是，我们仍然是私下里尽吐衷肠。甚至在高干病房中，在垂弱的病体内仍燃烧着义愤的烈火，却坚决表示所言不能传到病房之外，否则他的汽车、他的病房和进口的好药，恐怕就没有了。正如哈维尔说：“人们不必去接受谎言，他们承受在谎言中和与谎言为伍的生活，这就够了。就这样，人们确认了这个制度，完善这个制度，变成这个制度。”

韦君宜是在大家还有很多顾虑、很多的讳，为自己讳，为他人讳，在不仅为自己活着也得为他人活着的生活处境中，一览无余非常自由地、坦荡地说出了自己的话。只有她在告别20世纪。难道只有她能留下心灵最自由状态下的表白？

韦君宜是从我做起。王小波是“从现在起就过另一种生活了”。对我们一般人来说，什么时候开始做个诚实公民？

李慎之先生说他以前做过公民教员，如果让他再选择一次，他还是想做公民教员。让所有的人首先有公民意识。韦君宜能不能给我们这样的借鉴：我不想再做心口不一的游戏了；我不想再忍受了，否则感到很屈辱、压抑，感到太对不起自己了。

当人们开始维护自己的一点点权益时，都是有益的。说来说去大家不过是在做人。我们也不必端出一副架子为了今后治理天下去受什么苦难了，我们只想平平淡淡、堂堂正正地做人好不好？其实，人只有解放了自己，“才能解放全人类”。

韦君宜活着已无所求，就说真话了。而一般人是不是只有到这个时候才说真话？历史是在各种力量相互磨合中前行，大家都以自己的声音加入到历史的合力中。比如新修改的宪法以危害国家安全罪代替了反革命罪，这就是一种进步。危害国家安全罪毕竟得有个行为在里面，言论能轻易用危害国家安全罪来治罪吗？而过去的反革命帽子，是可以用任何借口给人戴上的。

我觉得，韦君宜的《思痛录》给我们最大的震动是：什么时候，我们可以像她这样说话（包括书中被出版者删去的内容）？到什么时候才能还老百姓一个想说什么，就说什么的自由？

2000 年

多维视角里的乡村现实
——谈《中国在梁庄》

梁鸿是我的同事。她的专业是中国现当代文学研究。她很勤奋，成果颇多。但我们平常接触时，她却不时对自己的工作流露出疑惑：这些研究到底有什么意义？

2009 年，她在中国青年政治学院主持过一次全国性的学术研讨会，主题是“乡土文学的传统与现代”。我也参加了。会上不免要谈到当今的中国农村。作家阎连科讲了三件事：一、有四个小伙子没事做，就去打老婆，还相互激励：不打不是男人。二、有人专门收购过期药，重新包装，挨门挨户卖。乡下人也知道这是过期的药，但没有钱看病，只好吃这个，死了就死了，不问原因。三、五个癌症病人晒太阳，说着说着就说：咱们一块跳河吧？就都跳了河。其中一人其实可以治，家境也好。这些事，都让人震惊。四十年前，我当过知青，遥远的乡村给我留下深深的记忆，总是对那里有着千丝万缕的牵挂。我知道这些故事是一种难以回避的真实。当时我就想，文学应当怎样回应这种严酷的真实呢?

一年以后，我惊喜地看到了梁鸿的回应。

梁鸿是一个农家女儿，这可能是她多年致力于乡土文学研究的心理动力。然而，文学研究毕竟是通过分析、概括、解读别人的作品来表达想法，若要传达自己对生活的感受，就显得隔靴搔痒。梁鸿对这种研究工作甚至产生了羞耻之心，感到这些文章言不及义，与现实、与大地、与心灵没有任何关系。她要越过这层阻隔，寻找更直接的言说方式。于是她选择了散文，选择了纪实。她利用 2008 年和 2009 年两个暑假的五个月时间，回到故乡采访家人、采访乡亲、采访基层干部，倾听他们的述说，记录他们的命运，写出了这本《中国在梁庄》（江苏人民出版社 2010 年版）。她要让更多的人近距离地感受当今中国农民的真实存在，听一听当今的农民到底在想什么？盼什么？怎么生？怎么死？生活对于他们意义在哪里?

数年前，曹锦清的《黄河边的中国》出版时，有人就察觉到，与农村保持密切联系的人，往往缺少宏观的社会文化意识；有宏观文化背景的知识分子，又很难接通与中国乡土的血肉联系。上海学者曹锦清是通过私人朋友关系走近了黄河边上的中国，成为两面兼通的人。梁鸿二十岁以前，就是梁庄土生土长的人，对那片土地有着完整的记忆，至今和那里保持着血脉相通的联系。走出乡村十几年，到北京读书、求学、思考、研究，让她获得了一个宽广的文化视野，使她拥有乡村农民、乡村知识分子和京城专家难以兼备的优势。她这本书，从诸多的视角，展开了对梁庄、对中国的审视。

首先是历史的视角。

家族的历史，是通过“父亲”的回忆呈现出来的：

“‘你爷是1960年的春上二月十四日死的。你三爷正月初七死的。’你大伯全身浮肿，‘饿得都哭不动了’，‘咱们梁庄的梁家人1960年前有两百多人，1960年饿死六七十人，几乎是挨家挨户都有死人。’‘当时的粮食都控制在各大队的粮仓里，都放坏了，也不让吃，……麦收之后，又死了一批老人，因为饿的时间长了，肠子饿细了，一吃多，就撑死了。’”

这段历史，虽然并不久远，但已经被遮蔽得十分模糊了。像父亲这样的平民百姓，对大饥荒的体验和记忆，在文字记载中相当稀缺。前两年，就有学生在课堂上提出：说中国大跃进以后饿死过几千万人，是帝国主义对中国的妖魔化。最近，网上也有年轻人说，大批饿死人是政治夸张，他自己就从来没有听到过饿死人的事。不能怪青年无知，这方面的民间叙述的确在我们民族的记忆里占不到应有的位置。而“父亲”不但经历过饥饿，目击过死亡，还看到粮食被控制在粮仓里。于是，这就呈现出了体制的严酷：为什么明明看着百姓饿死，“都放坏了”，“也不让吃”？当时的“国库”和“队库”是什么关系？“国库”的主人到底是谁？

饥饿不只持续了三年，而是整整一个时代。“梁庄一直是‘人多地少’，20 世纪五六十年代人均一亩半地，现在人均八分地。……20 世纪 80 年代之前梁庄几乎家家挣扎于贫困线上,一到春天就断粮,闹春荒。”在产粮区为什么每年都会闹春荒，“交公粮”为什么还要吃“返销粮”？这一页历史刚刚翻过二十几年，下一代已经不知道了。

父亲还说到更久远的历史，梁庄有几大家族。韩姓文化水平比较高，富裕人家也出在韩姓。民国时期韩立阁在县里做过事，当过区长，但对家乡人很好。“国民党倒台后,他逃跑到北京, 1950 年‘放匪’，政府宣传宽大处理,韩立阁一定要回来，争取做人的机会……1950 年秋回来后,在家从事生产,年底把他逮住。1951 年初公开审判大会要枪毙,村里人都哭着保他,说他人好,到底还是枪毙了”。“韩立阁的老婆被逼财，打瘸了腿，很快就死了。”这样的讲述完全是父亲个人的感受，而不是官方对历史的裁定，但分明让读者看到了民心对史官文化的校正。这种来自民间的历史感受，可以和杨奎松等学者对“镇反运动”

的整体研究互为印证，一文一史，异曲同工。父亲的言说，打开了乡村的历史纵深。

我非常喜欢作者笔下父亲的生动话语和作者对父亲的亲切描写。“我的父亲，一个浪漫的农民，一生多情，母亲瘫痪八年，父亲始终不离不弃，……我们兄弟姊妹六个，从小没有挨过打，更重要的是无论家境如何艰难，父亲都坚持让我们上学。在方圆几十里的村庄里，父亲有着良好的口碑。”

作为一个“不安分”的乡村老人，父亲经历参与了中国当代的政治历史，虽然没有惊天动地的大事发生，但政治却切切实实地影响着他的人生和家庭。“正是父亲这样对‘政治’充满热情的人，那些乡村的‘刺头’‘事烦儿’‘管闲事’的人，维护着乡村的道德与正义。他们扮演的通常是乡村知识分子的角色，有一些见识，对权力、对欺上压下有一种天然的不满，自觉地打抱不平、拔刀相助。”我想，乡绅阶层被消灭以后，正是父亲这样的人，替代了以往乡绅的功能，支撑着乡间伦理的底线。

其次是现实的视角。

梁鸿笔下展开了这样的乡村画面：“蓬勃”和“废墟”：蓬勃是沿新公路的一排排崭新的房屋，有二层小楼，有平房，屋前都是水泥浇注的大院子。废墟是一片绵延着的倒塌了的房屋。

前者仿佛表达着第一代农民工回乡的宿愿；后者可看做是第二代农民工对家乡的放弃。十几岁离开家乡，到城市打工，至今没有城市户口和社会保障；但他们不愿意回来了。无论是城还是乡，他们都找不到归属感。“蓬勃”和“废墟”还体现在：乡村有了电视、录像机和让孩子们沉迷的游戏机；烧砖毁了大片的耕地，挖沙破坏了河道，顽皮的儿童被淹死，昔日长满荷花和莲蓬的水塘，成为黑色的淤流。“一走近坑塘，就会被一种臭味熏得睁不开眼。”这就是我的村庄。他们挣了一点钱盖起了楼房，“然而，又是在怎样的黑色淤流之上建立的所谓的幸福生活呢?”

作者最有感情的是“梁庄小学”。兴建伊始，全村人参加盖房，有梁庄全体干群兴学纪念碑为证。“上学的钟声一响，村民的一种敬仰、尊重之心油然而生”作者求学从这里起步，一直到北京读到博士。这所小学先是沦为猪场，又径自破败消失了。现在，三十几个小学生在镇上读书，梁庄的一群老太太老头一天三趟匆匆地接送。“在我的少年时代，只有因为贫穷孩子才可能无法上学，没有家长不愿意让孩子上学的。而现在，则是家长看不到孩子上学的希望，在焦虑一阵之后，通常对孩子持一种放任的态度。”“只有极少数孩子是真正想上学的，逃学、旷课、整天沉迷于游戏机的，是家常便饭。老师也没有心思教学。“整个社会都弥漫着一种失望与厌学的情绪，它自然也会影响到生活在其中的每一个人。”“难道他们命中注定只能成为漂泊在外的打工者?”一幅乡村教育的图景，一个进入负面循环无解的话题。作者有亲身体验。她上小学、中学的时候，虽然穷，但读到高中、大专、大学的人大有人在；而现在，上学的钱有了，农民的孩子却不愿意上学了，学历高的很少。教育从什么时候，从城乡间窄窄的桥梁，变成了一道深深的鸿沟?

她信笔走来，就让人感到生态的严峻，教育的严峻。这是农村在社会转型中必须付出的代价吗?

其三是心理的视角。

应当说，当今的传媒中，从经济的角度涉及三农的信息不算匮乏，但从心理的角度呈现农民的现状却相当稀少。文学是梁鸿的专业，这使她对当今农民的心态，给予了细致入微的关注。

当今的乡村家庭，大多是反常的老幼组合，青年、中年人都在外面打工。更有甚者，家中只留下正在上学的青少年。“王家少年强奸了八十二岁的老太”是一个极端的例子。仅仅因为青春期的一次性冲动，仅仅因为怕遭抵抗，就从从容容地动了锄头和石头先将老人残酷地杀死。“被抓的时候，王家少年非常平静，没有说话，也没有反抗，还把桌上的文具、书收拾整齐，好像早就等着这一天似的。”作者说：“道德感在乡村深深地埋藏着，他们对王家少年的态度显示了乡村对原始古朴道德的尊重。”绝不能轻饶！哪怕公安局用DNA挨个排查，把两个人都吓疯了。但当作者见到犯罪少年时，“我一下子崩溃了”“我忽然无法张口，眼泪模糊了我的双眼。”作者提出：“我又能问什么呢？……谁能弄清楚，那一个个寂寞的夜晚在少年心里郁结下怎样的阴暗？谁又能明白，那一天天没有爱的日子汇集成怎样的呐喊，而又有谁关注一个少年最初的性冲动？”

作者的哥哥毅志，曾经是一个爱读《解放军文艺》的文学青年，一直有写日记的习惯，也有写情书的爱好。他的文字，让人如临其境地感受到他的真实心态。比如他将在北京与安阳收容所的经历，就表达得淋漓尽致。“在昌平关了两天两夜，第三天点名往安阳遣送。武警闲着没事干，找些人取乐，说，你，过来过来，说着，就扇这个人两嘴巴子。我悄悄骂：‘日你姐，这算没有地儿说理了。’被听见了，武警问谁，谁说哩，我逞英雄说：‘我’。武警说，过来。往我头上抡了七八皮带，又狠狠踹我几大脚。叫我站军姿，挺胸，打一嘴巴子，抬头，再打一嘴巴子，再抬头。站有两个小时。打得我满脸是血。”

文学的熏陶，使毅志对人的尊严格外敏感。他在城市蒙受的屈辱，不过是上亿农民工命运的一个缩影。梁鸿有意转引了哥哥的数则日记，让这个没有机会出声的农村文学爱好者，在文学的殿堂里亮一次相。

还有那个已经成为企业家的义哥，他在弱肉强食的丛林中，以流血、坐牢为代价，争得了自己的一份天地。他说："我现在可以与县长、公安局局长正大光明地坐一块儿。"这是不是许多农民心中的梦想呢?

作者不仅关注一般的心理问题，还关注到农民的信仰问题。河南是信教的大省，在形形色色的人物命运中，也有信教人的诉说。明太爷相信牧师"是从思想上改造你"，"讲出来真是在理"，但不相信神神道道的胡说，"只知道要钱"。他反感把"信教"当成生活本身，而将世俗生活抛弃不顾。因为他老婆"几十年如一日地不要家，只要主"。作者听了这家男人的话，想听听"信教"女人的说法，但她外出不在。又专门采访了一个牧师。结果出书时被编辑删去了。其实，如果，从不同角度考察一下在当今农村中信教的动机，对生活的了解岂不更为全面？编辑的自律未免杀风景了。

其四是性别的视角。

作者是女性，这使她格外关注农村女性的命运，关注女性的婚恋、生育。女性的身份，也使她更容易进入女性的隐秘生活、情感世界。

年轻媳妇春梅的自杀，就在作者身边发生。作者以一层层的细节叙述，写下了她婚后心理的一波三折。新婚不到一个月，春梅的丈夫就出门打工去了。出事这一年，一直没有回家，春节没有回来，春种夏收也没有回来。几封信寄去没有回音，也没有手机，媳妇左盼右盼，得了“花痴”病；道听途说，正想反想，想不通，最终在精神不正常时，喝了毒药。这是打工者家庭的又一波涟漪。这个例子，让我们直面到一些乡村女性的残酷命运：夫妻间正常的性生活可望而不可得。在城市、在工厂，在工地，由于条件限制，怎么相聚，已经很难想象，而两地分居，一年一两次的相聚，所造成的性压抑，成为普遍现象。“乡村道德已经处于崩溃的边缘，农民工通过自慰或嫖娼解决身体的需求，有的干脆在打工地另组建临时家庭，由此产生了性病、重婚、私生子等多重社会问题；留在乡村的女性大多自我压抑，花痴、外遇、乱伦、同性恋等现象时有发生。这也为乡村黑暗的势力提供了土壤，有些地痞、流氓借此机会大肆骚扰女性，有的村干部拥有‘三妻四妾’，妇女们为其争风吃醋，衍生出很多刑事案件。”作者叩问：“人们在探讨农民工的问题时，更多地谈及他们的待遇问题，却很少涉足他们的‘性’问题，仿佛如果待遇好些，他们的性问题就可以忽略不计。可是，难道成千上万的中国农民，就没有权利过一种既能挣到钱，又能夫妻团聚的生活吗？”

还有焕嫂子，一个和丈夫到天津郊区开过拉面馆的精干妇女，结婚十多年间，前后生了七个女儿，她说：“我是七仙女的命”。三个留下，三个引产（做B超得知是女孩），一个送了人。这样的生育史，在当今中国已不多见。作为女性，她有自己的生育观，她喜欢女儿，看到农村儿子越多越不善待父母的现象，她更偏爱女儿。但丈夫三兄弟都是“绝户头”。四十出头的她仍然觉得无论如何得生个男孩儿，似乎看做是为人妇、为人母的使命。她对计划生育、人工流产的感受，对生儿育女的经济盘算，都有自己的说法。这种乡村女性的声音，也是不容易听到的。

梁鸿在故乡的大地上奔走，倾听，观察，追问。她看到，国家做出了许多努力，出台了不少惠农政策，但农村仍然在坍塌着，破败着。展望农村的前景，她有说不出的困惑。在中国的城市化进程中，政治家可以有国家富强的规划，经济学家可以有乐观豪迈的预期，作为农家出身的人文知识分子，梁鸿的思绪却更多地伸向另外的一面。她说，从外部看事物与从内部看事物永远是有区别的，而从底层看事情与从上层看事情也有截然不同的结果。她还说，或许有一个最重要的问题被我们忽略了，即中国农民对政治的冷漠。在农民眼里，社会仍然是别人的，他们不属于其中。所有的好与不好，他们都只能被动地接受，他们只是“被拯救者”，而不是主人公。文学是人学，农民也是活生生的人。梁鸿用一支传神的笔，说出了乡亲的痛，自己的痛，也深深地触痛了读者，让我久久不能平静。从内部看，从底层看，站在农民的角度看，说出农民的真实感受，或许正是《中国在梁庄》的独特意义。本书出版以前，曾在《人民文学》选载，就得到热烈的好评，许多人感到眼睛为之一亮。这不是偶然的。

2011 年

从宏观历史走向微观心理

——读陈明远《文化名人的个性》

陈明远先生是我们夫妇的朋友。他每写一书都送给我们。

陈明远先生是一个跨越科学和人文两界的多面手。国内很少有人像他这样涉足如此之多的学科领域，并都有可观的成绩。他青少年时代写诗，新诗旧诗都写。作诗填词，和郭沫若等老人切磋，有几首不知经谁转手，在“文革”初流入社会，被认为是毛泽东的诗词，一时广为传抄。他的专业，本是计算机科学和数理语言学，1976—1979 年著有《语言文字的信息处理》。20 世纪 80 年代轰动一时的《走向未来丛书》里有他的一本《语言学和现代科学》，在当时为普及计算机科学知识，产生过不小的影响。90 年代，他进入传记写作，著有吴祖光、赵丹等艺术家的传记。他还独家发现了歌唱家盛家伦的思想史意义。储安平关于自由“多少有无”的预见，最早出自盛家伦的言说。后来，他又涉足经济学和现代文化史的边缘地带，写成《文化人的经济生活》等书。他还关注考古学和世界文明起源，质疑国人关于“四大文明古国”的流行观念，提出五大文明群落的新观点。都引起过读者的反响。

像“文化人的经济生活”这类问题，恐怕只有陈明远一人在研究。记得，我在文学课堂上讲到鲁迅，就曾引用过陈先生的研究。提到：鲁迅后期以完全自由撰稿人的身份生活在上海期间“9 年收入相当于今 226 万元，平均月收入相当于今 2 万元以上。”陈先生为什么能得出如此精确的结果？他说：“我在牛棚里算清了鲁迅一生的经济账目，才睁睁眼看清：“离开了钱的鲁迅，不是完整的鲁迅，更不是真正的鲁迅。”学生听后，感觉有了一个论事看人的新维度。这种研究不仅与陈先生的学识背景有关，与他自己的个性也有关系。他是一个耐繁烦、有定力的人。2010 年元月出版的《文化名人的个性》再次表明陈明远先生这一著述的特点。

翻开《文化名人的个性》一书，一看目录，我并不喜欢。“活跃型田汉”“平和型阳翰笙”……对文化人的研究怎么写成了教科书？看了作者的序言和后记才知道，这是陈先生在研究文化人的经济生活的同时，得到的另一份收获的延伸。在研究文化人的“金钱收支和生活费用”的同时，不能不涉及他们的心理、人格和个性。陈先生说，他“积累了百多位文化名人个性的资料共有千万多字”，此书中的一些篇章也单独发表过。单独去看这些篇章，确实会让人饶有兴趣。

汇集到一起又怎样呢？此书读后，我还是感到受益颇多。

陈先生笔下的文化名人有些他认识，比如四条汉子。因为有过或多或少的接触，所以写起来，不仅仅凭借资料，也凭借自己的感觉和认识。对于周扬，书中写道：“他积极参与制造了对一个伟人的迷信和盲从，同时他也培植手下对他自己的迷信和盲从。”“周扬晚年的忏悔只表现为一种意向、一种姿态，而缺乏实质性可以拓展的具体内涵。他至死没敢坦露自己灵魂深处的秘密。”“我们晚辈眼中的周扬，要么高高在上、得意洋洋，要么就是逢人赔礼道歉。他的心距离我们实在太遥远了。”忏悔的“意向”“姿态”的感觉，在陈先生的印象中再真实、明确不过了。

他引用资料来叙述，是一种集中而精练的介绍，让我这样的阅读者，有了进一步的细节把握。比如在介绍蔡元培的个性特点时，他引用冯友兰的话说：“蔡先生的教育有两大端，一是春风化雨，一是兼容并包。……春风化雨可太难了。春风化雨是从教育者本人的精神境界发出来的作用。”这种对人的评价，很耐人寻味。我一直在高校教书，深能体会老师对学生的影响更多不是说出来的，而是自身的行为与人格的影响。学生与老师亦师亦友长期保持的情感关系，也都是因这种影响而形成的。书中介绍到蔡元培先生所倡言的劳工神圣：“农是种植的工；商是转运的工；学校职员、著述家、发明家，是教育的工；我们都是劳工。”只有兼具中西文化背景的人，才会远拒“劳心者治人，劳力者治于人”的等级文化传统。才会在长期的“润物细无声”式教育中，醒润学生的心田。在今天就业很艰难情况下，我曾劝我的学生是否先考虑自食其力，比如某种体力性工作，只要能自己养活了自己，再谋求进一步发展。一个人的学识能力，是不会被社会埋没的。我说在西方，大学生、研究生为了完成学业到餐馆洗盘子是很正常的现象。我的学生说，在国内，那是中学文化程度以下人做的，大学毕业了，去做这种事，人家会怎么看？他们宁可去当“啃老族”，也不肯做与学历不符的事。在我们的教育中，欠缺人格教育，更欠缺“劳工神圣，自食其力”的境界。因为蔡元培的思想没有延续下来。

此书说到鲁迅，引胡行之的回忆，说鲁迅：“发是乱蓬蓬的，穿着一件颇肮脏的布长衫，面色黄黑，赛似一个鸦片鬼，又似一个土老儿……”“有一次鲁迅去银行取工资，他拿出周树人的公章，但银行里的人不肯把钱给他，因为他们不相信穿着破烂的人有能力取这么多钱。”这样的描写，一般教科书，是不用的。但就是如此外表之人，极具做人的人格个性。有人责备鲁迅不宽容。陈先生说："鲁迅厌恶一切的思想专制和文化专制，无论官方还是商业化的。""鲁迅说的'不宽恕'本义是'不原谅'。宽恕不同于宽容。宽容是人权的保障，是一种民主的社会制度。……对于扼杀人权、残害人命的坏事，不能'宽恕'即原谅。"如果这是鲁迅"不宽容"的前提，那么鲁迅"不宽恕"一些文化人的现象，岂不正是鲁迅之于他穿着一样的个性化表现？我以为，如同胡适"容忍"诤友一样，鲁迅"不宽恕"与他捣乱的人，同样是个性使然。这正是陈先生著述这本书的目的。

《文化名人的个性》一书中还介绍分析了康有为、章太炎、周作人等很另类的人。让我们知道了形成他们个性的文化的、心理的、历史的背景。有关陈先生笔下的文化人的传记、著述、回忆性文章，我们读了不少，但是将这些文化人的人格个性集中在一起，自然就会形成一种比较。这种比较，是把名人、学者放在个体"人"的位置、放在社会"人"的位置上。于是此书又不失为一种综合的、群体的、现象的文化分析与研究。

2009 年

失忆年代，文学何为？

——从散文创作到小说创作

我们处于在一个失忆的时代。普遍的情况是：二十岁的人不知道三十年前的历史真相，三十岁的人不知道四十年前的历史真相，四十岁的人不知道五十年前的历史真相，五十岁以上的人不知道六十年前的历史真相。权力的总体精神导向是遮蔽和失忆，一般公众从教科书和大众传媒中看到的不是空白，便是假象。这种精神格局令人悲哀。延续民族的记忆，史家自然责无旁贷。文学有无责任？也许有人说，无须要求文学承担这种责任。文学创作是个人的事，应当表达个人化的感受；文学创作是高雅的事，应当表现高超的艺术技巧；文学创作是虚构的艺术，应当表现想象的才能。这些道理都不错，但文学仅仅向这些方位伸展，是不能走向高贵的。古往今来，真正高贵的文学，必与延续一个民族的历史记忆有关，从屈原、司马迁到曹雪芹、鲁迅；从荷马、塞万提斯到雨果、马尔克斯，可以举出无数的例证。

失记年代，文学何为？其实，文学不是无所作为的。以章诒和为例，在她发表回忆父母及其周围那一代人的散文之前，虽然绝大部分右派已经改正，但其父章伯钧和罗隆基、储安平这些不予改正的右派面貌，在公众视野里还是模糊不清，几近被人遗忘。她的散文流传以后，局面很快为之一变，这些鲜活的形象一下子走进公共阅读视野。引起了人们关注的巨大热情。还有高尔泰的《寻找家园》、徐晓的《半生为人》、袁敏的《重返1976》、野夫的《尘世挽歌》、赵越胜的《燃灯者》、毕星星的《坚锐的往事》，这些散文兼具很高的文学品质和史学价值，让人们看到，记忆插上了文学的翅膀，产生了比史学著作更大的感染力和影响力。

散文有为，小说是否可以同样有为？在这方面，已有作家做出了艰苦的努力和有益的尝试。新千年以来，成功打通历史记忆和现实关怀的长篇小说，首推湖北作家胡发云的《如焉》。胡发云是一个和中华人民共和国同龄的作家，《如焉》是他年过半百以后创作的第一部长篇小说，虽然只有二十万字，却调动了他的全部生命体验。小说塑造的卫立文、达摩、毛子等文学形象，可以说浓缩了半个世纪以来中国知识分子的苦难、追求与分化。小说让“青马”这样的民间思想群落，从“文革”

年代一路走来，一直延伸到互联网时代，使思想史上的一代失踪者带着体温，重现于公众的视野。小说中另一个文学形象江晓力，念兹在兹的是父辈打下的江山，如何紧握在“自己人”手中。这个女性虽着墨不多，却深刻地揭示出官二代们的文化性格与政治逻辑，展示出作者惊人的洞察力和前瞻性。此书一问世，便引起了“孤篇压全唐”的惊叹。

筱敏原来是一个以散文见长的作家，写过不少深沉、睿智的力作，其中一些篇什进入了大学和中学的课堂。近年来她从散文尝试转向小说，出版了长篇小说《幸存者手记》（花城出版社 2008 年版，以下简称《手记》）。这部长篇小说，仍然保持着她一以贯之的写作风格，执著于历史记忆。虽然人名、地点都被虚化，却是一部政治风云的形象纪事史，一幅中国女性从童年、少年到青年，从 60 年代跨越到 70 年代末的精神长卷。

对于“文革”初期的狂飙，年轻人为什么会那么狂热地投入？《手记》说：“仇恨是这样培养起来的——站在红旗飘飘台子上的校长总是为学生源源不断地倾泻过滤干净的感情和打制好的思想，更多的时候需要愤怒如喷火。让学生感觉任何一个角落都可能埋伏着面目模糊的敌人和煽动着阴风和鬼火。”当“盛大的节日”来临，“从地处遥远的帝国主义、修正主义，到暗藏在我们身边的贪污浪费、蜕化变质、唯心主义、自由主义、叛徒、特务、野心家、阶级异己分子、资产阶级学术权威……”这些上边指定的帽子就可以给被仇恨的对象任意戴上了。

一个同学曾因为日记本被人翻拣出来上缴，定为反动日记。“组织的权力没有边界，它掌握着每一个人，对每一个人，它都长驱直入。没有房门，没有抽屉，书包也够不上锁……在组织面前，没有个人的私事，个人最重要的品质，就是对组织忠诚……”

狂飙初降时，多数学生呐喊着：问苍茫大地谁主沉浮？我们！我们！我们！一心想战斗、杀敌、主沉浮的青少年成为时代的主角。

“红城楼年复一年听取‘万岁’的呼声，这呼声已经浸透了每一道瓦楞，每一线砖缝，成为它的墙基最稳固的支撑。”“那少年之海，那热血之海，一浪一浪掀动着‘万岁’的呼啸，…… 一波一波地制造着公共感情。”“神”适时地出现了。

在扫荡一切封资修旧文化中，书被投入火焰中，文字记载的历史在瞬间消失。

历史的细节提出：那个年代，我们为什么那么热衷看大字报，并学着用大字报的语言说话？

《手记》说：“我有阅读任何东西的热情，我太饿了，这是与生俱来的饥饿。……长期只吃一种食物，大量地吃，受虐般地吃，会造成两种结果，或是厌食，或是饥饿，又或是两种结果同时发生。打倒、炮轰、火烧、油炸、横扫……砸烂狗头……我吃的是语言的砂石，这是饥荒之年的代食品。”

杀人是那个盛大节日的一部分。红颜色的人杀黑颜色的人。红色人把黑色人一家一家绑在海滩的树头上，涨潮了，先淹掉孩子，然后淹掉女人，然后淹掉男人。所谓黑颜色的人就是从前有地的人，有牛的人，有瓦房的人……表兄是中农，他说“黑色人杀完了以后，我就是村子里最黑的人。”表哥最后选择了偷渡到不分红黑两种人的地方。

城里的节日在继续。揪出了一个背景更大的“南霸天”。这个“南霸天”一手遮天，曾经，他说亩产二十万，就是二十万。右倾、瞒产，是他捆绑吊打人的理由；他堵截外出讨饭的人们，把一个省封锁成一个独立王国，那个王国饿死了上百万人。他的血债没有偿，还换一个地方升了官。

那个时代，人们也想生活在一个更理想的社会。如何产生这种社会，他们听信当代“人民之神”的教导，先要用暴力打碎旧的国家机器。

“人民之神”又以保卫正确路线为名，让学生们分成派，武斗起来，冷兵器、热兵器都用上了。武斗中，一个女孩子的手被砍掉。一名男生被钢钎穿刺过胸背，一名女生被子弹击碎了颅骨。“整个城市武装起来，大街小巷都是街垒，看上去像是巴黎公社的街垒。”

“人民之神”借用红卫兵、造反派的手，把他身边的修正主义干掉了，他觉得这些青少年太闹腾了，先制造一个反动组织“五一六”，把一些帮助他夺权的造反派圈起来，让他们俯首认罪。然后让更多的学生上山下乡，接受“贫下中农再教育”。再让机关干部都去“五七干校”。城市一下子静了下来。尽管宁愿生产社会主义的草，也要抵制资本主义的苗。物质极度匮乏。

筱敏的《幸存者手记》让那个年代的历史画面、重大事件和人们的心理演变过程，惊心动魄地在一个“目睹者”的心灵屏幕上上演着；让那个时代的心灵史在思索与燃烧的情绪中叙述着。这本书，与当今浮躁的社会心理显得格格不入，也许注定不会大红大紫，但我还是看重作者的对历史记忆的顽强坚守。

从散文转向小说创作的还有章诒和。她最近出版了中篇小说《刘氏女》（广西师范大学出版社 2011 年版）。另一部小说《杨氏女》也快要面世。章诒和“文革”中在四川坐牢，与来自底层的女犯朝夕相处，她们的悲惨命运更属历史记忆的空白。筱敏在“文革”后期也坐过监狱，如同《手记》里女主人公为同学朋友们的冤魂呼喊，被吉普车、手铐带走一样。几年后，她生还了，也长大了。作为幸存者，她觉得如果不把这些噩梦记述下来，她的精神永远不会得到安宁。但她和章诒和不同，她只涉及自己入狱前后的精神历程，还没有展开狱友的命运。

章诒和的《刘氏女》以同狱女囚为原型。刘氏女是乡下人，向往城市生活。经父母包办嫁给了一个城里人，被承诺婚后可进工厂。不想丈夫是个严重的羊角疯患者。包办婚姻、隐瞒病情，不能成为离婚的理由；医治无效，又说这个病不影响寿命。刘氏女心说，“那我这辈子不就完了?”绝望之下，她以非常手段杀死了自己的丈夫，仅仅是为了过上正常人的生活。故事给人的震撼不仅仅是她犯罪的手段，更是那个非常简单又深刻的原因：人的感情和欲望的无法实现。这个案例在牢犯中也是异类，但围绕着刘氏女的监狱生存，却反映着那个社会将什么样的人视为“异类”。她们中间有麻省理工学院出身的女性专家，因拒不认罪，挨了不少打，受了许多罚，后来不断加刑，孩子病死，丈夫离婚，人被逼疯；有张雨荷这样仅仅因为阶级、出身、以记日记表达思想的知识分子，就被关在监狱里长达十年。所有在监狱中的人最后的欲望就是能吃饱。她们在监狱中为了吃、为了洗澡的相互争斗与伤害，和刘氏女为达到简单欲望实施的手段本质上几无区别。在全社会都没有人权观念的情况下，监狱管教又是如何对待囚犯呢？一个管教让男囚们尿完尿后将最后几滴尿抖进两个他要惩罚的犯人嘴里。“我现在就让他俩跪在厕所门口，一边跪一个。正好茅坑有两排，左边尿的，抖在跪在左边人的嘴里，右边的抖进右边人的嘴里”。

《杨氏女》的悲剧是出身不好的情人把自己不爱的军人丈夫砍伤，情人处死刑，她也被判刑二十年。故事是在漂亮少女的真情与她的物欲纠结中展开。杨氏女的监狱生活，集中表现了被压抑的监狱女性们的性心理的状况与扭曲。比如一个叫巫丽雪的女犯一到春天就“发疯”。其实无论是从民间常识还是从性科学去看，她的表现都是病态。但她总是因发疯骂了人而被管教长年戴着脚镣。有时被打、被捆绑得皮肉发青或溃烂。而漂亮的杨氏女在监狱中又被管教诱淫，要去忍受兽医的刮宫。章诒和想表现人在非常状态下爱与欲的无奈，她甚至想说人类性行为的千奇百怪，是幸福还是灾难区别只有一个是否自愿。她觉得小说更能进入人性的深层探讨人生的罪与罚。这时她已经把历史记忆、社会批判放置为背景了。尽管如此，无论从社会学角度还是文学角度或政治学角度，都是在填补空白。

章诒和早就说过，在写一些政界、艺界人士之后，她要写自己的经历。用真名实姓的纪实性散文表达狱友们的命运有很多的不便，因为令她刻骨铭心的人物都还活着，她们需要过不受媒体骚扰的生活。章诒和选择了可以虚构姓名的小说。情节上也有虚构，比如书中有关刘氏女减刑的情节，以及监狱大火等情节，都发生在别人身上，作者有“移花接木”，为的是引出她与儿子相见后的遭遇—— 一种人生与人性更深的悲剧。

值得关注的小说还有姚蜀平的《似水流年》（花城出版社 2009 年版）。此书讲述的是一个女医生从 50 年代到世纪之交的命运。女主角尚安妍“文革”前被中央高干诱奸怀孕，高干为隐瞒真相把她下放到劳改农场。“文革”中高干被打倒，尚安妍却一直报怨，没有趁机复仇。尚的儿子获得出国深造的机会，睁开眼睛看世界，一家人从觉醒走向反思。作者是一个高能物理专家，从事专业之余，亦爱文学创作，曾与人合作剧本《李四光》，拍成电影。她对自己同代人的遭遇如鲠在喉，不吐不快，数十年呕心沥血，才完成了这部小说，并争取到公开出版的机会。

2011 年 1 月 21 日，“山药蛋派”最后一位老作家胡正去世。他在上世纪末完成了三部中篇小说。其中《重阳风雨》（《人民文学》1992 年 6 期）保存了他亲历的“土改”记忆。小说中提到的地主牛佑良，原型就是晋绥边区著名的开明绅士牛友兰。胡正曾经在 2006 年接受传纪作家陈为人采访时讲述了他当年的真实经历。他说：“我当时是《晋绥日报》的副刊编辑，作为记者出去采访。牛友兰是兴县蔡家崖村的大地主，当时很有名。我们根据地刚刚开始建设的时候很穷，他捐出很多白洋，建立了晋绥边区人民银行。部队没有粮食，他捐出很多粮食支援部队，所以大家很尊重他。作为一个开明绅士，参加了边区参议会，相当于现在的人大。打跑日本人，开展‘土改’以后，作为大地主，就开始挨斗了。他的儿子牛荫冠当时是晋绥边区行署副主任。牛荫冠在抗战初期就是牺盟会领导人之一。边区行署是当时地方行政的最高机构。晋西北行署副主任相当于现在的副省长。那天要斗争牛友兰了，叫‘斗牛大会’。报社派我去，说你去采写一下，回来做个报道。去了以后，我就看见，不让牛荫冠坐在主席台上了。边区书记李井泉‘左’得很，他说，牛荫冠，你不要再摆领导干部的架子了，到群众里面去，到贫下中农里边去。我也在会场，离牛荫冠不远。李井泉还说，牛荫冠，你现在要和你老子划清界限。开会的时候，把牛友兰拉出来，跪在主席台前，弄一排灰渣，好几个地主都跪在上面，膝盖跪得血肉模糊。批斗了一会，开始游街，几个农民说，他妈的，牵牛游街，就拿铁丝把鼻子穿上了。穿的时候，当时就滴滴滴地往下滴血呢。穿上以后，还不行，牛荫冠，你来拉。把人性摧残到无以复加的地步了。哎，牛荫冠也没办法，当时就牵上铁丝。牛友兰挺倔的一个老头，当时就不走，牛荫冠劝他，走吧走吧，顺从点，少吃点苦头，让我跟你划清界线呢，我也是没奈何，走吧走吧。儿子也是没办法。牛友兰就是不走，老汉倔得很。那时候气坏了，不要说对边区、对共产党做出过贡献，就是对恶霸地主也不必要这么摧残，这么污辱。你想，肉就连着一点点，最后有个人拉了一下，就扯断了。鼻子上的肉扯裂了。批斗会后，牛友兰从此绝食，几天就死啦。当时我的观点倒不是对地主同情，而是对牛友兰这个人同情。牛友兰对根据地有功啊，不能这么搞呀，把人不当人，特别残酷。对人心灵上最大的创伤是，还要儿子去拉父亲，你说这不是灭绝人性？那一次，我精神上受到很大的震撼。所以回来以后，就没有写报道。《山西文学》的鲁顺民要写'土改'，把《晋绥日报》查遍了，问我为什么斗争刘少白有报道，斗争牛友兰没有报道呢？刘少白和牛友兰，是晋绥边区两个最大的开明绅士。斗争刘少白大会去了几个记者，我没写，其他人写了，所以报上有记载。'斗牛大会'，就我一人去了，我没写，不好写。按当时的调调写吧，太残酷了。按真实的写吧，报社也不会登。所以《晋绥日报》就没有留下任何文字记载。'土改'的'左'，和我们干部清洗里的'左'，是一样的。对人的精神摧残太厉害。这件事情，印象深刻，所以写进

了我的小说。”（引自陈为人手稿）

本文点评了几位小说家坚守记忆的文学努力。坦率地说，最近十几年来，传统意义上的纯文学小说写作，远远滞后于现实，已经很少对中国社会做出有力的回应，很少成为震撼人心、启发思索的精神资源。中国的知识界已经觉悟到，“一个失去记忆的民族，是一个愚蠢的民族，一个忘了历史的组织，只能是一个愚昧的组织，一个有意磨灭历史记忆的政权，是一个非常可疑的政权，一个有计划地自上而下地迫使人们忘却记忆的国家，不能不说是一个令人心存恐惧的国家。”但这并非主流文学界的共识。文学界的主流基本上沉浸在自娱自乐的氛围之中。恢复文学的记忆品质是重振文学尊严的途径之一。任何真正的个人记忆都是和国家记忆、民族记忆，社会记忆相通相连的。深刻的个人记忆，就是人性的记忆、人类的记忆。有人说奥斯维辛以后没有了诗。诺贝尔奖百年纪念，瑞典文学院以“见证的文学”为题召开了一个研讨会，各国文学巨匠提出，文学应该起到为历史见证的作用，作家应该记录历史的真切感受，用自己的语言对抗意识形态的谎言。在这方面，尽管当今最给力的体裁不是小说，而是散文。但小说在揭示人内心世界方面的优势是不能抹杀的，况且当前出版小说比出版历史可以减少很多程序上的麻烦。

没有一个永远的主流文体，只有失忆的作家和不失忆的作家。中国文学如何面对世界文学而问心无愧？是思考这个问题的时候了。

2011 年

《迷冬》印象

不久前，一位爱好文学的朋友和我闲聊，说到老三届都已步入花甲之年，但有深度地表现“文革”的长篇小说似乎还没有问世。从20世纪70年代末到80年代，控诉“文革”的血泪之作曾经多如牛毛，但不过二十年的工夫，很快被人淡忘了，有人为遮蔽的因素，也因为当时的作品自身尚显肤浅，未能从深层次上透视“文革”的肌理，所以禁不起时间的淘汰。多年来在宜粗不宜细的导向下，涉及“文革”的叙事作品大多表述为野心家—— 造反派得势，老干部—— 知识分子受害的善恶冲突。沿袭这种逻辑，持续十年，八亿人狂热地卷入的“文革”，往往被简化为荒诞的闹剧。其背后的思想、文化、政治、社会的原因到底是什么？在文学作品中揭示得很少。经历过“文革”的有士之识，对此当然不满足。近几年，保存记忆的历史感，反思教训的使命感，促成了一批个人回忆录以不同的方式问世流传，历史学在民间悄悄地掘进。相比而言，小说似乎停留在 80 年代的水平上踌躇不前。

当然不能一概而论，比如女作家筱敏的《幸存者》，这部回溯作者十年心路历程的长篇小说，优点是有一种冷峻清醒的历史理性和反思，缺点是人物和故事还显得单薄，其感性、诗性的叙述有艺术特色却欠缺与那个时代氛围相匹配的艺术概括力。还是不能满足朋友们的期待。

现在，我终于读到了胡发云的力作《迷冬》。虽然这只是他的三部曲的第一部，但已经让我得到某种荡气回肠的史诗感受。作者的追求，甚至有些雨果驾驭《九三年》、托尔斯泰驾驭《战争与和平》的意味。

《迷冬》的主要线索只是一个小小的“独立寒秋”文艺宣传队起起落落的过程，却呈现了一幅风云变幻的斑斓画卷。小说的背景是 1966 年冬天到 1967 年，虚构的湖城实际上是武汉。作者选择这样的时空固然是因为自己曾经生活在其中，但客观上正好选择了“文革”时代最重要的舞台。毛泽东 1966 年 7 月 16 日在武汉畅游长江，第二年又在武汉亲历 720 事件，正是“文革”第一年到第二年的两个重要结点。前一个结点，标志毛泽东准备结束自己在中共中央的二线位置，毛刘之间的冲突即将在党内公开化。后一个结点，标志毛泽东号召军队支持革命“左”派的战略遭受空前的阻力和挫折，他只好调整“文革”的整体部署，强调两派无条件联合，即所谓在工人阶级内部没有根本的利害冲突。而在“文革”中打头阵的王、关、戚不久便被他抛弃。这是当时真实的历史背景，但作者并没有正面呈现上层的争斗，而是聚焦在这个背景中活动着的一群文艺青年，以及他们的朋友和长辈，诉说着他们的喜怒哀乐、悲欢离合，让人感受历史中普通人命运的无常和无奈。这一场史无前例的天下大乱，导致了各种政治力量、各个社会阶层令人眼花缭乱的重新洗牌。“文革”前积累了大量的社会矛盾，都被激活，遭到歧视的民国遗民，打入另册的右派诗人，在党内倾轧中失利的当朝官员，在“文革”初期遭受冲击的文臣武将及子女，他们在这场重新洗牌过程中，尤其在1967年初夺权前后，卷入其间，态度各异。小说不论对哪种人，都没有做漫画式的简单处理，而是在可靠的历史背景中，传神地描写他们的心理逻辑、行为轨迹和利益诉求。这种对历史脉搏准确性的把握，没有亲身体验根本做不到，没有诚实而深入的反思也达不到。在戏说历史成风的今天，胡发云登上了历史和艺术交融的精神制高点。

“独立寒秋”是一组鲜活生动的人物群像。一群颇有艺术才华的初高中学生，在青春的蹉跎与迷茫中，追求着他们的憧憬和梦想，体会着青涩的爱情和患难的友谊。主角多多在“文革”中不是趾高气扬的红卫兵，也不是抬不起头的“黑五类”，身份比较灰色，是一个多愁善感、艺术气质很强的文艺青年。他在“文革”初就边缘化了，所以看待这场革命的眼光相对冷峻，超然。我也经历过那个年代，以己度人，我也曾设问：“那时他就这么想吗?”联想到一些“出身不好”的人的回忆录，我有了一种理解：在阶级斗争调门越来越高的“文革”前，他已经开始自处于社会主流。主人公多多有作者自己的影子。他是独立寒秋文艺宣传队艺术上的灵魂人物。但在宣传队躲到造反派占优势的师范学院以后，多多却不能继续担任宣传队的领导。即使是反感“血统论”的造反派，也不得不按家庭出身在自己的队伍中分成两个等级，出身好的成员发“红司红卫兵证”，出身不好的发“红司兵团证”，前者是革命的骨干，后者是革命的外围。多多由此而离开了文艺宣传队的领导机构“勤务组”。这一情节，表明了作者观察和记录“文革”政治逻辑的细致。

小说甚至带些昆德拉的味道。如写大串联：“两次见伟大领袖毛主席，一次挤掉一只鞋，一次尿了裤子，许多人都尿了裤子，因为十来个小时没法上厕所，天又冷，不出汗，再一激动。伟大领袖毛主席身体非常健康红光满面神采奕奕，林副主席说他能活一百五十岁是全中国人民全世界人民的最大幸福，羊子唧唧咕咕算了一下有些怅惘地说，到时候我们都死了他老人家还活着。”“整个城市都穿上了大字报的衣服—— 一个人均纸张消耗量几乎在世界之末、大部分成员还是半文盲的国家，打响了一场纸质的战争……人们在为数月后真刀真枪的全面内战积蓄着仇恨与激情。”

音乐形成了这部小说贯穿始终的艺术氛围。我和作者基本上是同代人。当我们开始接触艺术、陶醉音乐的时候，不幸地只能接受国家规定的单一的红色旋律。尤其“文革”开始以后，中国艺术被革命意识形态推向了极端，只允许高调颂圣，民族音乐传统、民间音乐元素、西洋音乐影响，都被当成封资修加以排斥。在这样的音乐氛围里还有没有人性和青春的存在？在革命宣传的坚硬外壳里，有没有少许异质的情调，在夹缝中寻求伸展？人的美好的、多元的天性，能不能在红色的大潮里寻求自己的小小空间？小说的妙趣正在这里。一群家庭背景不同、文化素养有异的文艺青年，在特殊的年代通过择优选拔的方式，聚集到一起，结成艺术社团，上演了这一代人的命运故事。也让人领会到作者神驰深远的音乐修养。他对宣传队某些人甚至这座城市外表市民化而骨子里的贵族气质的理解和表现，我也很喜欢。

小说对人物体验的挖掘可谓细致入微。不但重现了一代人扭曲的心灵史，也重现了一代人辛酸的艺术史。胡发云说，这些如果我不写，比我年长的写不动了，比我年轻的又写不出来。

这是实在话。

当今的中国，从哪里走来，向何处走去？眼前社会的种种困扰，曾经在哪里萌芽，今后将如何发酵？这些大问题在胡发云心中始终挥之不去。《如焉》是他的一张答卷，《迷冬》是他的又一张答卷。我珍视这样的作家：他能够与民族共命运，共思考。

2012 年

有这样一部书稿

今年8月的一天，我收到一本陌生人寄来的书稿：《走出大凉山的女人》。正要出差，在卧铺上一路看去，泪水难抑。

作者叫陈尚健，1947年出生在四川凉山彝族自治州西昌。她的父亲时年二十四岁，任县政府会计主任。1952年其父因出身贫农，分配到西昌银行工作。不久被派到礼州支行营业所筹建这一带金融系统——乡村信用社，人称草鞋主任。1956年其父工作出色，被送往西昌地委党校学习，作为入党对象培养。陈尚健的母亲高中毕业，1949年以后，接受师资培训分配到礼州高小教书。是毕业班班主任，教研组长，中队辅导员、年级音乐老师。1956年以前，这个边远地区少有的知识分子家庭生活还算平安，已育有四个孩子。随着1957年的来临，她们一家虽艰苦但快乐的日子结束了。

1957年夏季，陈尚健的母亲赖惠清先是在全县“肃反清队运动”中让其交代是否加入过三青团，回答“没有”；继而至其老家宁南县调查。因其家庭出身地主，弟弟被当反革命镇压，而被定为“历史反革命分子”，清除出人民教师队伍。赖惠清欲自杀被救。

几十年后陈尚健才知道自己的外公、赖惠清的父亲赖蓬云是世代行医家族第八代传人，擅长内科、妇科，是当地唯一的小学校校长，兼商会会长。赖蓬云靠一生的积蓄想给儿女留下家业，陆续置房屋十几间，土地几十亩，1949 年后被定为地主。宁南是位于川滇交界金沙江畔的一座小县城，今属凉山自治州，那时交通不便要靠马帮运送日用百货。解放初期，县长李清杰亲自主持“破获”了四起反革命案：“第三党”“三七团”“复宁会”“反共救国军”，在不足万人的偏僻山区涉及两百多人。其中就有陈尚健的舅舅、赖惠清的弟弟小学教师赖炳林。赖炳林被以“第三党”“组织反革命暴乱之匪首”的罪名杀害，死时二十五岁；其妻二十岁，刚刚新婚，同时被杀。他们被牵连到的“反革命案”是别人在逼供中乱咬出来的。陈尚健的外婆、赖惠清的母亲因儿子媳妇的惨死，上吊身亡。

1958 年，陈尚健父亲工作的礼州区 5%的右派指标没有完成，因为不愿意与身为“历史反革命分子”的妻子“离婚、划清界线”，其父被补划为右派分子，开除公职、停发工资。切断了陈尚健一家唯一的生存来源。

1958 年 8 月，陈尚健和三个弟弟随父母被押送到农村劳动改造。陈尚健因小学毕业鉴定书上政治面貌一栏里写有“父右母反”，尽管成绩优秀，也没有初中敢录取，从此失学。她问母亲：“妈妈，你本来当老师，为啥子变成反革命?”母亲沉默良久，轻轻问她：“你看妈妈像是干坏事的人吗?”

1960 年，大饥饿年代来临，陈尚健跑遍山野，为家里寻找能吃到嘴里的东西，她的三弟在饥饿和疾病中死去，四弟降生。

1961 年，她姐弟四人和父母都饿得皮包骨头，母亲全身浮肿。这时，让她父亲去西昌一个农场集中“学习”，说是要摘“右派帽子”实际是当无偿劳力使用。一贫如洗的家竟然拿不出一件可以让他抵挡风寒的衣物和一床铺盖，只能每晚滚在茅草堆里取暖，全身布满道道红色的伤痕。多年后，陈尚健听姨母诉说她父亲当时的遭遇，放声痛哭，心里呼号：“一个满腹才华、年富力强的知识分子，何等十恶不赦的罪至于折磨成这样?”

在农村劳动改造期间，其父因懂得财务，被叫去整理公社历年来的乱账。但年底“五类分子评查”时，又因为“阶级敌人妄想篡夺贫下中农经济大权”被一顿拳打脚踢。其父在日记中写道：“不管饥寒交迫，不惧打骂捆吊，只要一家人团聚，此人生一大快事也!”“五七年以后生活逐步下降，日子越过越辛酸，吃野菜、吃代用品、观音土、谷糠壳、四处张罗，八方求助，借一碗过一顿，诚未有过悲伤！何也？盖儿女长依膝下，精神有所寄托，互相关心、互相爱护、互相勉励，虽苦尤甘，虽悲尤欢也！”

就在1961年父亲被押送去农场后，又一件悲惨的事情接踵而至。陈尚健八岁的大弟弟，在一天的上学途中，被饿狼拖走。待解救之后，浑身血肉模糊，没有了气息，流淌中的鲜血还带着温度。母亲昏死过去，陈尚健发疯地号叫：“天啊，你为什么要对我们这样狠？一点希望也不给我们留下？”村里好心人求生产队开了证明，让陈尚健到公社申请几尺布票，大家凑钱买块布来包裹遍体鳞伤的弟弟。公社书记听了她的哭诉，只说了一句：“你们家没有资格”便扬长而去。最后还是在乡亲们的帮助下埋葬了弟弟。她大弟弟死前，刚刚被评为“五好优秀生”，领得红领巾。他非常懂事，总是安慰大人：一定好好读书，将来养活全家。他的死，让一家人陷入绝望的深渊。

仍然是在1961年饥饿的冬天，因陈尚健家的房东“窝藏”粮食，陈尚健毫不知情的母亲和房东一起被绑走了。十四岁的陈尚健带着两个饿得半死的弟弟在一无所有的乡下挣扎着活命，还多次去探监。1962年秋，房东被判刑十五年，母亲被判“管制三年”，可以回家。这年年底被集中的右派父亲从农场解散回家，当得知大儿子的悲惨丧生，从未哭泣的父亲哭哑了嗓子。

其父回家不到一年，公社让她们家搬到“政治空气更浓的”另外一个生产队，理由是父母“拉拢腐蚀干部社员”，比如，她母亲帮助社员们做衣服。

1964年“四清”运动中，她家又被赶到一间牛棚中，和一群水牛隔墙而居。一家人栖身在用砖头围着的稻草地铺上。出来进去，踩着入膝的臭水烂泥，晚上被凶猛的蚊虫包围。就在这时，“贫协主席”、生产队长，不停地让陈尚健的父母出义务工，并一双贼眼总在陈尚健身上打转。为了女儿不在父母身边永远承受屈辱，为了让她能吃饱饭，有个正常人的生活，其父母决定将她远嫁。陈尚健被嫁到几百里外、距离母亲老家宁南县城还有三十多公里的山上、一户木匠人家。母亲给她的嫁妆，是卖掉一只公鸡买来的便宜花布做的两件衣服和用不多的线绳仅纳了前半截和后半截的鞋；父亲给她的嫁妆是两本书：一本《牛虻》，一本《钢铁是怎样炼成的》。此时陈尚健才十七岁零两个月。

从此她承担起一个山区媳妇所做的挑水煮饭、喂猪、种地、挣工分等活计。公公经常给她几角零花钱，她舍不得花一分钱，积攒到三五元，就给父母寄去，成为家中买煤油、盐巴的主要来源。陈尚健与陌生的丈夫既没有交流也不能沟通，但她已经很满足。因为能享受到公社社员的待遇。1966年“文革”前夕，丈夫想到生产大队的由木工、铁匠组成的综合工厂当厂长，揭发妻子陈尚健和反动家庭划不清界线，经常给父母写信、寄钱，并且在家内进行阶级报复。陈尚健一气之下，找到工作队长，谈了自己婚前没有隐瞒家庭情况。谈到婚后丈夫多游荡在外，不给生产队交钱，不给家里钱，致使自尊心很强的老木匠公公受公社领导指责、羞辱而自杀。家里家外全靠她一人劳动养家，“阶级报复”从何说起？文质彬彬的工作队长的一句话，改变了她的后半生——“尽早离婚，越早越好”。

1966年底，就在陈尚健从队里分到六十元钱和三百多斤稻谷，计划春节回家探亲时，接到家里的电报：母亲病故。陈尚健结婚走后，那个曾经觊觎陈尚健的队干部，百般迫害她的家人，让她父亲长年出苦差。不仅如此，从1964年到1966年还扣去父母账上的“义务工分”两千两百分。1966年又将其父亲的“右派分子”上升为“反革命分子”，在无数次批斗会上被打得死去活来，最后将其父母赶到公路边一间摇摇欲坠的茅草棚居住，这里原本是生产队挖在路边供路人大小便地方。为了填平近两米深的粪坑，被打成重伤的父亲与快要临产的母亲一同挣扎着挖土、挑土、填坑。而后，父亲又被赶去烧石灰。屋顶漏水、地下成泥；蚊虫苍蝇成群，陈尚健的小妹妹就诞生在这间茅坑中，死去又活来，成了残废。长期的折磨，母亲病倒了。饥饿残疾的妹妹趴在奄奄一息的母亲身上，十一岁和六岁的两个弟弟不知如何是好。母子四人生不得，死不得。一个路人看到此惨景惊呆了，连夜走几十里山路，将陈尚健的父亲叫回来。母亲终于等不得医治死去，时年才三十九岁，穿不上鞋的脚上一道道伤痕。那个迫害他们的队干部对社员说："中国人多屎得很，死个反革命分子有啥子鸡巴了不起?"

陈尚健用一年辛勤劳动挣来的钱，偿还了安葬母亲的二十七元板子钱，换回父亲和弟弟过冬口粮，留出路费，用余下的几元钱将家里的布票买成布，给父亲和弟弟缝了衣服做了鞋，就回到几百里外的那个自己的家。她说只有在那里，她才有平等的劳动权，享受到同工同酬。

四个月后，她的七岁的弟弟病死。死因是重蛔虫病。贫病交加中，陈尚健已经死了三个弟弟。其父在日记中写道："收去我家两条宝贵的生命，缘由茅棚内卫生条件差，缺乏营养所造成，此为众人皆知的事实。将何以对亡故之妻？将何以对已故之儿?"陈尚健说：居住在茅坑里，日日承接着四方流来的脏水，每天只用葫芦瓜瓢去舀茅坑旁水沟里流过的水来饮用，此水又是上游洗衣物粪桶流下来的，没有柴草将水烧开，长此以往怎能不病？陈尚健母亲死后医生说她胆道里钻满了蛔虫。

唯一幸存的弟弟每天背着残疾的妹妹上学，仍是好学生。但小学毕业后，生产队、大队均不给出具上中学的“推荐信”，十一岁的弟弟被迫下地干活。

1967年下半年，“文革”之火已经烧到乡下。其父被重庆来的红卫兵反复批斗，肝脏部分被踢得鼓起一个包。这个包块成为其父亲死于肝腹水的根源。“红色风暴”愈演愈烈，已经有杀掉“五类分子”及其全家的宣传单在散发。为给唯一的儿子求一条生路，父亲写信求遍了所有的亲戚熟人，希望有人收养。但是没有人回答！父亲只好写信让陈尚健把弟弟偷走。陈尚健发誓：“只要我活在世上一天，就绝不会让弟弟重返那个苦难的世界。”

父亲继续被批斗，宁死不说儿子的去向。最后生产队上报公社取消了其弟弟的户口，其弟从此成了黑户。不久一场暴雨把父亲的茅坑屋泡塌，好心人求队干部，才让其父亲搬到一家半边破楼上。

1977年5月10日陈尚健的父亲没有等到右派平反，因肝腹水病故。父亲埋在柴草堆里给女儿留下了日记、工分簿和书信。其中1968年2月8日是这样记着：“通知每人交两元作大队宣传开支，割茅草100斤，挽成草粑交大队烤火。修大队厕所，又修农业中学，年底照样还要扣义务工360个，何以‘四类分子'差事如此之多？叫人如何喘得过气来？'人'不是狗，不是猪，'人'总是人。不是钢筋铁骨或者橡皮。一年到头，分文不进，竟连定量应分稻谷一百多斤也不称给，还要交钱称粮，叫人百思不解，何惨之甚也！劳动、劳动，不停止的劳动。至人于死地的劳动，却连糠菜也难以填饱肚子！数月不知肉味、油味、米味，饭味，却还是不间断地叫去劳动！说不尽的心酸泪，写不完的不平事，人生此时，所犯何罪如此之深；苦难何此之长！此公之为害，为祸，何以对先人，对祖宗，对后代，对儿孙？若干年后岂无正人君子挥铁拳而诛之耶？怪事！"

1978 年以后，陈尚健以数万字的材料为父亲申诉，1979 年 9 月父亲平反了。接着她又为母亲申冤，2001 年才得到母亲平反的一纸“红头文件”。2002 年陈尚健从荒草凄凄的窑柴沟，找回来“右派”父亲、“反革命”母亲和三个弟弟的遗骨带到自己最后的居住地雅安安葬。

陈尚健自己的生活也十分坎坷。结束了第一次婚姻后，为了爱情，也为了没有户口的弟弟，曾做盲流到新疆伊犁农村。为维族社员创建榨油厂，艰苦奋斗，也让生活重新开始。改革开放后，陈尚健再度赴深圳闯生活。五十岁后，她放弃较优厚待遇，返回故乡，为的是写下自己家庭的苦难。

这部书稿之所以引起我关注，我想理由有三：一、作者学历不高，仅读至小学，一生坎坷，所拥有的表达权远非作家、学者或离退休官员可比，却用十年时间完成了这部文字通畅，感情饱满的回忆录，十分难得。二、作者在凉山彝族自治州，地处偏远，比起通都大邑，记录当地的社会生活、历史文化的著作较少，这部家史虽系个案，其原生态的生活史料因稀缺更显宝贵。三、作者是一位女性。与男性写男性的回忆录相比，女性写女性的回忆录相对要少，尤其是处于社会底层和文化边缘地带的老年女性，无论作为写作者还是作为写作对象，就更少。最近，一个叫王佩英的普通妇女的命运引起了许多媒体的关注。这是一个和遇罗克同时遇害的思想烈士。试想，如果不是因为他的儿子是一个成功的企业家，为纪念母亲投入了巨大的力量，王佩英不是几乎被历史的尘埃完全埋没了吗？上层与底层，中心与边缘，男性与女性，自古至今的春秋往事，不平衡是一个基本的事实。所以，“被沉默的大多数”一旦发出有分量的声音，便格外值得珍视。

2010 年

我看电影《第十三棵泡桐树》

新电影《第十三棵泡桐树》经过重重审查，好不容易快过关了，又因为所谓技术问题卡下来了。但最近它获得东京电影节最佳评委奖。导演吕乐特意请了北京高校和学术界的几个学者观看了这部电影，我也在其中。

多年看电影形成了一个标准：如果该电影看过能让你有所震动，让你对人生人性的感受，难以言说，一时不可名状，首先就可确定这是一部好电影。这部电影给我的感受就是这样。看完我情不自尽地在只有几个人的小放映室内鼓起掌来。

电影故事大体是这样的：泡桐中学是一个普通中学。高中二年级的这个班的学生似乎还没有那些临近高考前的紧张。这些处在青春期躁动不安的学生们不少人没有什么明确的目标，对学习仍是在混，睡觉的还在睡；想挑衅起哄的，想打架的，还在跃跃欲试；恃强凌弱者，还在欺侮人；勒索同学钱包的，照勒不误，不给就打；男女同学相好，人前人后仍然招招摇摇，伴随着吃醋一类的事也依然在进行。

他们学习的环境怎么样呢？影片仅仅出现了两个老师，似乎为师为人都不正常。男语文老师，大讲《离骚》，击赏其中美丽的精神情感，可他自己的眼神却那么暗淡无光，精神气质那么猥琐；新来的女英语老师从肢体到话语都带着一层冰霜，一上来就摆出一派魔高一尺，道高一丈的架势，让人极不舒服。校长从不露面，只是到了宣布处分决定时，才在高音喇叭中出现他的声音。让你感到这是一个让孩子精神茫然空洞的学校。

学生的家里呢？女主角何风的父母离异，从父女对话中交代，母亲是跟着父亲的战友跑了。父女之间，总是说不上三句话，父亲就冲她拳打脚踢，无法想象一个父亲会如此对待自己的女儿，显然是在女儿身上宣泄怨气。和何风前后相好的两个男同学，一个叫陶陶，影片中的一个镜头是，其父亲被警车带走了，父亲像是个干部，恐怕和贪污有关；一个叫包京生，其父母都在西藏做买卖，投靠四川的舅舅也在做生意，平时没有人管他。

社会上的情况怎么样呢？老师开家长会时说：离高考不远了，打麻将的先别打了，做生意的先陪陪孩子，闹离婚的等孩子考完再说，这算是由家长构成的社会景观。影片中还有人到工厂大摇大摆地偷公家材料，说是为了孩子的学费。这大约在说学生家中有些人温饱问题还没有解决。

这部电影的主旨，是要表现青年人成长中的问题。问题出在了哪里？让我们看到的是，在青年人成长过程最需要引导，最需要关爱的时候，学校和社会都在放弃教育，放弃关爱。

何风的父亲是个复员军人，随着工厂的停产，已经沦为一个看大门的警卫。他在影片中只是一个粗暴简单的背影。何风是一个崇尚勇武和力量的女孩子。她喜欢陶陶的理由是陶陶为人狠，有霸气。但同时，何风又有着一种与生俱来的正义感和善良心，看到强者欺侮弱者，总是站出来打抱不平，且很勇敢。如果说该电影还有一点情节线索，那就是，在缺少人性、道义、理想、责任教育的环境中，学生如何在自己的丛林法则中生存着。新来的同学胖子包京生一来就有江湖的一套，他请全班同学吃烧烤，却让瘦弱的金利同学掏钱，理由是他爸是开酒吧的，家里有钱。何风为此打抱不平，包京生对何风又欣赏又恼恨；陶陶为了给何风出气，教训教训包京生，就在学校厕所中放了炸药，然后骗包京生上厕所，包京生发现后，跑出来忙阻止一个老师上厕所，老师不明就里，被炸，学校就认定是包京生干的，给他记留校查看处分。何风认为陶陶要是男子汉就应该承认放炸药是自己干的，不能让老包背黑锅。陶陶不理会，出于同情，何风的正义感偏向了包京生。陶陶为了气气何风，故意向班上另一女生示好。何风百感莫名，在行动上接受了做包京生女朋友的要求，并发生了性关系。这时，又发生何风与包京生误了一次考试，包京生被校长宣布开除学籍，何风被宣布留校查看。二人都非常沮丧，这期间，何风被父亲暴打，男语文老师因对何风有猥亵之嫌，莫名其妙地自杀了；包京生不知道如何向父母交代，非常害怕父母为此抛弃了自己，他让何风到校长那里替他说情，再给他一次机会。何风没有走到校长门口，就被吓跑了。包京生无望，就上演了一出劫持同学金利的闹剧，当何风和班长去告诉班主任英语老师时，看到的英语老师衣衫不整，屋里坐着同学陶陶。最后包京生被武警击伤。

这似乎是个推理；老师那么变态，从精神到心理如此不健康，学生会怎样呢？何风看到自己心仪的男朋友如此没有底线，颐指气使的老师行为如此龌龊，便自己开除了自己。

影片最后说陶陶和班上语文好的伊娃考上了大学。这和我看到的一部叫《告别天堂》的长篇小说很相似，那个在男女关系上最放纵的男生出国读了博士。这岂不是进一步告诉我们当今学生的在校学习和在校接受教育已经没有直接的关系。班长当了武警女兵到了新疆。画面上的何风穿着端庄美丽。影片中间经常出现沙漠里的阿拉伯人骑着骆驼的画面，暗示何风从童年时代的一个美丽的梦想一直没有中断，这时，经过动荡不安的青春历程，她显然成熟了，走上了正常、健康的人生轨迹。而这个结局不是教育的结果，是她本能的选择。结尾的调子还比较温暖。

这部电影，会使人感到沉重，但相当真实。价值的旁落，孩子们生活的无目标性，已经是普遍的社会现象。我的一个学生无论从相貌的娟秀，穿着打扮的男性化，到眼神的冷漠与不屑，很像电影中的主人公。在大学里她似乎永远选择坐在最后，不记笔记，面容永无表情倾向，天然和老师保持着距离。当然，她学习成绩不错，非常聪明。她在一次作文中讲到了她的一些经历。我感到电影中出现的情况，她都有所经历，学生时代很江湖了一番，终于翻然醒悟，好好学习了一把考上了大学。她像是看透了一切，没有重槌响鼓，黄钟大闾，醍醐灌顶般的声音，是打动不了她的。她那种曾经沧海的面目，让我失语。我不知道用什么样的价值理想能唤起她们某种绝望中的希望。我只有沉默。

如果正在成长中的孩子都能像我的这个学生和何风一样倒好了。我的学生毕竟选择上了大学，重新寻找自己的人生目标；何风在对学校对老师彻底失望后退了学，但以她的聪颖和未泯的良知，对世事、人性有了更多了解后，会逐渐淡化与释解过去有限经历、有限视野中产生的强烈不满情绪，并能稳妥而明智地选择自己的人生道路。但更多的孩子会是这种结局吗？按照电影的逻辑，我曾猜测何风会泯灭原有的善良和正义，从此堕落下去。

那么，谁应该对这些孩子们负责呢？我们今天的教育在哪呢？

2010 年

“极地”的探索者

最早接触胡杰的纪录片，是2003年9月。当时，胡杰带着《寻找林昭的灵魂》的初版，到北京小范围放映，征求意见。林昭的故事，我早就通过文字有所了解。但胡杰的影片，还是让我的心灵受到猛烈的撞击。林昭这位单纯、热情、充满理想主义的北京大学中文系女生，因为同情鸣放中的发言者，被一锅烩，打成“右派”。高压之下，多数同道只好认罪，唯有林昭不肯为苟活而低头。打成“右派”后，她追求自由、民主，反叛专制的信念反而越来越明确和坚定；囚进监狱，没有笔，刺破手指，也要用血来书写自己思考。十年后，一颗子弹结束了她美丽的生命。她的母亲还被索要五分钱子弹费。母亲悲愤已极：国民党杀死了我的弟弟，也没有来要子弹费啊！我为什么从小灌输给她那么多的正义感，那么多的为真理献身的信念？……我害死了我的女儿！全片通过对多位知情人的采访，再现了林昭短暂的一生。

林昭的故事，经历了三个传播阶段。最早是20世纪80年代初，老记者陈伟斯在《民主与法制》上首次披露了林昭的冤案和平反。第二阶段是90年代末，《南方周末》等大众传媒重提林昭，发表了一些亲友的回忆文章，林昭的舅舅、文学评论家许觉民主编了一本回忆文集，在长江文艺出版社出版。胡杰先是作为读者，接触到林昭的故事，继而作为寻访者，试图用摄影机寻找林昭的灵魂。他的纪录片在朋友间辗转相传，开启了第三个阶段。纪录片以文字所不及的感染力，让林昭的名字走进海内外老中青几代人的心中。很多人表示："我与林昭相识，是通过胡杰的《寻找林昭的灵魂》。作家胡发云说：'林昭，你让一个时代蒙羞，你让所有的中国人蒙羞。……因为你的存在，这个民族再也不能纯洁而明朗地微笑'。"

胡杰深化了林昭的影响，林昭也改变了胡杰的命运。

胡杰并不是影视摄制的专业人员，搞纪录片，是"半路出家"。他生于1958年，少年习画，后当兵十五年，做到连队指导员，曾"把一个最不好的连队带成全师最好的连队"。业余，为表达对军队生活的感受，他经常使用的是手中的画笔，为此，获得进入解放军艺术学院油画班进修两年的机会。他觉得"人活着，是要有一点精神的"。这种精神追求，使他的画笔日益沉重，但仍觉得他感受的这个社会，用绘画表现不出来。受朋友的启发，他尝试拍纪录片了。在军艺期间他曾到圆明园画家村生活。1995 年拍摄了第一部纪录片《圆明园的画家生活》。从部队转业后，到新华社江苏分社拍电视，先后完成了《远山》《迁徙》《媒婆》《在海边》《平原上的山歌》等纪录片。其中《远山》拍摄的是祁连山下小煤窑的矿工。胡杰说，“1991 年写生时到过那个小镇，在镇上我见到一群群满身漆黑衣衫褴褛神情呆滞的‘野人’。他们在街上走着像刚刚来自地狱。只有眼白和白牙十分刺眼，从敞开的衣衫里才看得见他们土黄色的皮肤，他们那种最原始的劳动方式震撼了我。到 1995 年我有了一个小机器了，我就想要去拍一个他们的纪录片。”《平原上的山歌》纪录的是一个被拐卖到山东的女子的命运。矿工、媒婆、被拐卖的妇女、背井离乡在海边挣扎生存的人，是胡杰拍摄的主要对象。对底层的关注，已经显示了他的人文情怀。了解到林昭的事迹，胡杰决心拍一部有关林昭的纪录片。他认为：青年人有权知道林昭，应该了解和知道父母一辈的历史。单位领导受到来自上面的压力向他提出：“你是选择辞职？还是我们和你解除合同？”他选择了辞职。从此一边以给社会提供红白喜事的摄影服务谋生，一边继续对林昭足迹的寻访。在长达四年的苦苦追寻中，他经历了许多挫折。有时好不容易查询到一个远方的采访线索，因为手里没有路费，只好为挣钱而奔波。钱挣到了，采访对象却已经病逝。纪录片初版完成后，胡杰吸收了专家和朋友们的意见，又补充了更多的第一手资料，如林昭被枪杀之前，头部被罩上只能露出眼睛，不能发出声音的人造革套头。胡杰说："拍了林昭之后，突然我纪录片视野开阔了。我发现身边全是素材。我觉得自己突然推开了一个大门，就是历史的大门，这是我们纪录片应该记录的。"以这部纪录片为起点，胡杰成中国思想文化界最受关注的纪录片独立编导。学者王康的评价最具代表性，他说："胡杰走到了我们时代电视纪录片可能达到的极地。"

以后，胡杰又陆续完成了《我虽死去》《东风农场》《我的母亲王佩英》等纪录片，每一部都在社会上引起强烈的共鸣。《我虽死去》的主角是原北京师大女附中副校长卞仲耘。她在1966年8月被学生打死，丈夫王晶尧坚持几十年追问真相，讨还公道。《东风农场》的主角是在这个农场劳教的一群"右派"。他们有的是曾经荣获功勋奖章的革命战士，有的是满腔热忱的归国华侨，有的是一心一意跟着共产党的知识青年，因为提了几条意见，或什么话都没说，就被打成"右派"，在劳役、酷刑、饥饿、疾病中，像"会说话的牲畜"一般挣扎了二十多年。《我的母亲王佩英》记录的王佩英又是一位思想的先觉者。她的先觉性不同于林昭有理性的深入思考，而体现为难得的清醒认知和坚持。她认为，三年自然灾害及其后果，毛泽东是要负责任的；打倒刘少奇是不公正的；“文革”中，她拒绝参加早请示晚汇报，被视为思想反动，关进精神病医院。医生在病案中写道：她没有病，生活能自理，头脑很清楚。王佩英最终作为思想犯与遇罗克同时被杀害。她的悲剧是，当多数人尚在蒙蔽中，少数人为了生存选择说假话时，她飞蛾扑火一般执著坚持着自己的立场和态度。这几部纪录片，从 20 世纪 50 年代到 60 年代的历史中选取了容易被遮蔽的沉重个案，体现着传承记忆的使命感，形成了一种凝重的叙事风格，在中国历史题材的纪录片中自成一家。

和同时代其他独立导演相比，胡杰的纪录片历史感强，信息量大，思想线索清晰。为了再现作品的历史氛围，他经常运用一些过去的影像和声音资料。这些资料当时是为着政治宣传目的而制作，但剪辑到他的纪录片里，能让人感受到那个时代人们的思维方式与话语方式，比如有关土改、反右、大跃进、“文革”的影像资料。有那个年代生活经历的人看过之后，不免引发更沉重的思考；对没有那段历史经历的青年人来说，感受到的是震惊和荒诞。他不喜欢运用长镜头，不让观众因节奏沉闷导致思绪的停滞，而多用蒙太奇形成较快的叙事节奏，以较大信息量引发观众的思想共振。他往往依据思想立意的需要剪接素材，比如面对《东风农场》右派群体：他们每个人是如何被打成右派的？他们分别是在什么情况下遭受毒打的？他们身边的难友是以什么理由被活活折磨死的？在五花八门的非人折磨中，他们靠什么想法维系着生命的信念？后来的知青又是如何改变了对他们的认识？平反后，他们每个人是如何想的？胡杰的叙事方式，完全是为着思索的进程来剪接，他不在乎有明显的编辑痕迹。

胡杰的作品在技术上也曾引起专业人士的质疑。他想再现的历史，往往因为当事人已经去世多年，留下许多空白的缺环，只好以导向性的发问、议论和配以画面旁白的方式加以弥补。这种旁白和主观议论，以及渲染精神情绪的背景音乐是否必要，确实是一个学术问题。业内主流的学术观点是：纪录片应当以材料说话，呈现客观的真实，力避拍摄者主观的意志，排斥导向性的旁白和评论。因而许多导演喜欢运用长镜头，以弱化编辑的痕迹。胡杰对批评意见有所采纳，但他为突出自己对历史文化的思考，主观表达和强调是避免不了的。在《寻找林昭的灵魂》之后，他的旁白与抒情已经减少了许多，而对象征物的强调，仍在运用。比如《我虽死去》，王晶尧的120照相机就曾被反复强调，成为历史见证的象征。

胡杰的作品，在社会上受欢迎的程度往往高于影视专业圈内。我多年在高等院校从事教学工作，特别需要有一些影视作品帮助年轻学生进入历史的现场。其中，胡杰的纪录片教学效果一直是最好的。我的感受是，社会需要胡杰的纪录片，时代需要胡杰这样的电影人。

2011 年

伯乐、盟主与山头

今年1月，老作家胡正在太原去世。山西许多作家都写了情真意切的悼念文章。韩石山一向很牛，在胡正的灵前却不由得跪下。他说：想也没想，就那么跪下了。好像非如此不足以表达我的敬重之情，感恩之情。想当初，批判精神污染，还在县城教书的他被当成了靶子。胡正却不管这些，抓紧把他调进省作协，还安排他当了《黄河》杂志副主编。六十岁上下的这一代山西作家，大多都有着被马烽、西戎、胡正等人发现、培养、扶植的经历。周宗奇说，当自己在一些报刊发表了十篇中短篇小说之后，依然难以从煤矿井下走上来，改变处境。是马烽、西戎、胡正到基层找“好苗子”时发现了他。李锐说，当他刚从插队知青变为钢铁工人时，“胡正和西戎同志来到了临汾，”从此他的命运出现了转机，最终“在马烽老师的直接帮助下”调入《汾水》编辑部。张石山原先是火车司炉，“文革”中牵连进“反标事件”，山西作协调他时遇到阻力，西戎说：这个人有人命没有？没有人命，给我调来！郑义在晋中师专上学时，写出轰动一时的小说《枫》，后也被西戎千方百计调入山西作协。这一拨当时的青年作家，先后被推上《山西文学》《黄河》主编、副主编的位置，背后都是时任山西省作协党组书记的胡正拍板。可以说，有马烽、西戎、胡正做伯乐，方有80年代文学界的晋军崛起。

当时中国文坛另外一个引人注目的省份是湖南。湘军的阵势也不亚于晋军。读康濯的纪念文集，知道古华、莫应丰、韩少功、谭谈、谢璞、张扬、曹育轩、叶蔚林、水运宪、叶之蓁、蔡测海、刘舰平、何立伟、彭见明等这些湖南的才俊，都得到过康濯的支持和提携。他为《在没有航标的河流上》的发表一锤定音；为《爬满青藤的木屋》《芙蓉镇》的修改与作者彻夜长谈；为张扬的平反出狱奔走呼喊、不遗余力。

如果把视野再放宽一点，我们会看到许多文坛新秀的崛起，都有老作家的帮助。赵树理从退稿筐里发现陈登科的小说《活人塘》初稿时，还有着很多错别字和图画符号。赵树理和康濯都帮助陈登科修改过稿子，使小说得以出版。此类文坛佳话屡屡传颂，不一而足：冯雪峰之于杜鹏程，陈企霞之于徐光耀，茅盾之于茹志鹃，孙犁之于铁凝；乃至叶圣陶之于丁玲，鲁迅之于萧红、萧军，胡风之于七月诗人与作家，郁达夫之于沈从文，沈从文之于汪曾祺；周扬之于延安鲁艺的学员，丁玲之于文学研究所的学员。可以说，伯乐发现千里马，是文坛的规律性现象。

艺术需要天赋。文学是语言艺术，自然也需要天赋。现代高等教育引入工厂化的大规模培养人才方式，大学可以培养学者，却很难培养作家。作家的写作能力实质上都是凭着一定天赋，靠着自己的悟性摸索出来的。但新作家被社会承认，往往需要已经获得社会承认的老作家的发现和认可。尤其在互联网出现以前，一个无名作家写得再好，如果得不到发表和出版的机会，还是会被埋没。过去实行国家把文学全都包下来的体制，一个有文学才华和潜质的人，能不能获得体制的认可，对于他天赋的发挥，显得至关重要。所以，一个执掌作家协会领导权的老作家，或者一个有权发放通行证的出版社或杂志社的主编、责编，既可以让一个新作家破土而出，也可能让一个天才永远埋没。北京、上海这些文化中心城市，出作家多一些不奇怪；而到了省城一级，有的出作家多，有的出作家少，同样的大历史环境，文学发育程度差别很大，其中一个极重要的原因，就是那里的作家协会有没有伯乐当家。有，就可能使新作家在几年内成群地涌现；没有，就可能让当地的文坛一派萧条。

这种老作家和新秀之间的发现与被发现，提携与被提携的关系，古往今来成为一种特殊的师徒关系。那些声望高、气场大，或在体制内握有评奖、人事安排权力，善于慧眼识珠，有发现新秀的历史自觉性的人，往往成为一方文坛的盟主。盟主不同于行政隶属关系，而是艺术修养、文化声望和人格魅力的体现。

丁玲曾经是这样一位伯乐，一位盟主。她在 50 年代前期，提携过徐光耀、陈登科等一批有才华的作家。经历了二十多年的不幸，到了 80 年代，她还想再现当年的辉煌，却遇到了极大的困扰。给她当过秘书的王增如，最近发表了长文《丁玲与中国》（《江南》2010 年 6 期），对丁玲晚年遇到的困扰有生动的披露。

1984 年 4 月，中国作家协会创作委员会在主任丁玲的提议下，召开了一个小说创作座谈会，座谈获得 1983 年全国优秀短篇小说奖的二十篇作品。当时邀请了二十多位中青年作家，张洁、李陀、陈建功、梁晓声、陈祖芬等获奖者都没有到会，获奖作家座谈会却成了老作家的聚会。中青年作家纷纷缺席，使丁玲烦恼。丁玲又摆家宴，请邓刚、史铁生和唐栋三位获奖的年轻作家来家吃饭，以表达对他们才华的欣赏，关心他们的生活和创作，并请了几位老作家作陪。王增如观察：那天下午谈了三个小时，老作家说得多，尤其丁玲说话多。三个青年人始终比较拘谨，问一句，答一句，很少主动发问，也决不多言。丁玲期待的那种无拘无束的热烈交流，没有实现，两代人之间隔着一层无形的“幕”，双方都有些失望。晚饭毕，青年作家告辞说：“丁老，这里如果没有什么事情，我们走了，我们还要去冯牧同志那里看看。”冯牧和丁玲住在一个大院。丁玲听了，心里别有一番滋味。

1985 年，冯牧主持《中国作家》创刊座谈会，八十多位当红作家，都出席了，其中包括未曾出席丁玲主持的座谈会的青年作家。年轻作家对丁玲与对冯牧的不同态度，使丁玲的内心真正受到了刺激。

对这种反差，王增如有如下评说，老作家们对于几个年轻人要去看冯牧，很有点想法：“现在的一些年轻人，你把心掏给他们也不行，他要看你有没有实权”。“你也不能怪他们，作协那里掌握着出国、评奖的大权，我们这些老家伙有什么？连发表一篇稿子的权力都没有，人家凭什么要和你好?”

这样推测当时的青年作家们的心理，主要着眼于现实功利角度。但我觉得情况没有这么简单。其原因可能来自三个方面：其一是左右问题，其二是山头问题，其三才是利益问题。

丁玲在 1979 年获得改正，重归文坛以后，在一些场合发表过相对正统的言论。这些言论与社会舆论对她的心理期待有很大距离。于是，这位50年代的大右派，到80年代被视为“左”派；而50年代的“左”派周扬，却被当成精神污染的代表人物，受到批判，责令检讨。这种格局，使关心现实的青年作家们，情感很容易倾向周扬以及接近周扬的冯牧一边。

山头在官方的作家协会系统，是一个客观存在。周扬从左联到延安鲁艺到建国后执掌中国文艺界领导权到新时期重新恢复工作，始终是一个盟主的角色。但左翼新文学的盟主不是一个，而是多个，互相形成不同的山头。30年代在上海，周扬与鲁迅就有磨擦，由鲁迅而冯雪峰、胡风、丁玲是一个脉络；从周扬到张光年、冯牧等人是又一脉络，实际上不同山头的对垒一直延续到20世纪末。中国的青年作家，一进文坛，便不可避免地处于不同山头的对垒之中。这就是中国大陆官方文坛的历史和现状。某一青年作家未必想投身某一山头，但山头之外还有多少追求独立的空间，却是一个十分现实的问题。

两个山头的对峙，或暗中较劲，不可能采取完全相同的价值尺度，要么是你右我“左”，要么是你“左”我右，要么是你“左”我更“左”，要么是你右我更右。从最“左”到最右，是一个何其宽阔的价值光谱！如果在出版自由，价值多元的空间里，一个刊物、一个社团自可以寻找自己的个性，自己的趣味，自己的价值定位。

但在当时，处于价值光谱中间地带又有艺术才华的文坛新秀，几乎都已经聚集到了冯牧的麾下。因为当丁玲带着沉重的历史问题的枷锁重归文坛的时候，周扬已经先一步成为文坛思想解放的领袖。丁玲创办《中国》的初衷，曾经是想帮助老作家们有一个发表的园地，但一个杂志的生命力还是要靠对广大读者的吸引，所以把当红的文学新秀团结在自己杂志的周围，也是丁玲的心愿。况且丁玲与一些老作家们是真心喜欢像《那人那山那狗》《琥珀色的篝火》《船过青浪滩》《兵车行》这样的作品，特别是对《我的遥远的清平湾》的赞赏，并没有青年作家想象的成见。甚至表示说：写得相当好，水平相当高，我们也在陕北生活过，可我们没有写出来。丁玲设家宴作为与作家们交流的一种方式，也是她的传统风格。结果是慢了一拍。丁玲送来的温暖至多不过是锦上添花。

山头的对垒和“左”右的冲突并非完全重合。丁玲的虽然被视为“左”，但她支持和信任的《中国》副主编牛汉甚至比周扬麾下的作协主事人更右，他接纳了比当时号称思想解放的文坛主流更前卫也更边缘的作者。在80年代，有一些比主流更先锋的少数青年作者处于边缘地带，还受着打压，需要雪中送炭，毕竟，受到胡风案不白之冤的牛汉是有眼光有魄力的，他通过《中国》给这些更边缘的探索者提供了一个表达的出口，这是《中国》之死的原因之一。《中国》之死，是体制原因、经济原因、山头原因、意识形态原因综合发酵的结果。

因此我想，无论是80年代思想解放的青年作家们，还是在艺术表达上更前卫的作家们，都在伯乐与山头之间遇到了尴尬和无奈。伯乐对于文学的发育无疑是积极因素，山头对于文学的发育却可能成为负面因素。山头对伯乐功能的扭曲，是一个耐人寻味的问题。

2011年

后 记

2010年春，时任《名作欣赏》主编的续小强先生到北京组稿，我们在话题的讨论中，他约我开辟专栏。当时我还没有退休。

我从事中国当代文学教学三十多年了，对其中可以称得上是名作的篇什也算如数家珍。但如何撰写专栏却颇为踌躇。中国当代文学作品都是白话文，字面意思很好懂，说到欣赏，专业工作者比一般读者并无优势。勉强生发微言大意，往往留下故弄玄虚的笑柄。然而，当代文学既然已经入史，就在幕后留下了可探秘的空间。作品的背后，往往隐藏着很多耐人寻味的故事。于是，我提出，从个案入手，着眼于当代作品的问世、作家成名前后的风风雨雨，探索文学和政治和体制的微妙关系，呈现文学界的人情冷暖、世态炎凉，从中思考一些历史的经验教训。中国当代文学的历史，其实充满了偶然性。所谓“经典”的诞生，往往与一些特殊的机缘相关。一个领导人的好恶，可能决定一部名作的生死；一个编辑的慧眼识珠，也可能让一部名作破土而出；政治斗争和人事纠葛，又可能让一部作品大祸临头。在意识形态导向下，趋时之作可以暴得大名，超前之作却会深埋地下，无人知晓。时来天地皆同力，运去英雄不自由。“经典”的诞生经历、作家为大众认同的过程，有舆论导向的制约、时松时紧的出版环境以及大众文化观念的转变等各种因素存在。所有这些偶然的汇集，才是中国当代文学的真实面貌。从这方面挖掘，有意思的话题很多。小强接受了我的设想，并给这个专栏取名“经典悸动”。我每月撰写一篇，连续写了八篇，我不是文章快手，当时还要上课，感到很紧张。转年以后，便与小强商量，不想期期写了，以后有合适的题材，不定期奉上。没有了压力，也就失去了动力。现在回想，多亏小强的催促，我才积攒起这些篇什。据说有些读者感到这些文字还可读。现在，续小强先生转任北岳文艺出版社社长，策划丛书，约我参与期间，我就把这些专栏文章编成一组，即本书的第一部分——“经典幕后”。

除此之外，我还为一些打动过我的书籍写过书评，这次也一并选出若干，编成本书的第二部分：“阅读悸动”。我在大学教书，经常要为所谓的科研写专业论文，如“评”谁谁的几部小说；“论”文学创作中的某种现象，等等。这种文章写起来很费力，发表也不易。因为学术刊物版面有限，论文发表与职称挂钩，论文在那里排着长队。所以，让我能轻松走笔的，往往是写书话性的随笔。这部分篇什，多是读书有了莫名的冲动，情不自禁地想写下的感悟和思考。教学占据的时间太多，我这样自由写来的文章很少。今天只能整理出有数的几篇。在这个匆匆忙忙、焦灼而烦躁的时代，我仍然向往在夜阑人静的灯下，或在暖阳斜照的窗前，拂去心中的尘埃，沏上一杯清茶读书。

2013 年 6 月